おはなし　猫ピッチャー

ミー太郎、ニューヨークへ行く！の巻

江橋よしのり／著
そにしけんじ／原作・カバーイラスト　あさだみほ／挿絵

★小学館ジュニア文庫★

登場人物紹介《とうじょうじんぶつしょうかい》

おはなし 猫《ねこ》ピッチャー ミー太郎《たろう》、ニューヨークへ行《い》く！の巻《まき》

ミー太郎《たろう》

猫《ねこ》として史上初《しじょうはじ》めてプロ選手《せんしゅ》となったニャイアンツの投手《とうしゅ》。MAX《マックス》147km/h の直球《ちょっきゅう》とかわいらしい容貌《ようぼう》で打者《だしゃ》を打《う》ち取《と》る本格派右腕《ほんかくはうわん》。雑種《ざっしゅ》、オス、1歳《さい》。

ユキちゃん

山田《やまだ》ユキ。ミー太郎《たろう》の飼《か》い主《ぬし》。都内《とない》の高校《こうこう》に通《かよ》う16歳《さい》。ミー太郎《たろう》の食事《しょくじ》の管理《かんり》と、球場《きゅうじょう》への送《おく》り迎《むか》えを担当《たんとう》する。

ユキちゃんの母《はは》

顔《かお》はユキによく似《に》ているが、猫《ねこ》の気持《きも》ちを察《さっ》するのが苦手《にがて》で、ミー太郎《たろう》のプライドを傷《きず》つけることも。

ユキちゃんの父《ちち》

父《ちち》（ユキの祖父《そふ》）とともにお寿司屋《すしや》さんを営《いとな》む寿司職人《すししょくにん》。ミー太郎《たろう》の好物《こうぶつ》であるマグロの切《き》り落《お》としを、ときどき差《さ》し入《い》れしてくれる。

平野《ひらの》キャッチャー

ニャイアンツの捕手《ほしゅ》。気難《きむずか》しくて奔放《ほんぽう》なミー太郎《たろう》を巧《たく》みにリードする、心《こころ》やさしき相棒《あいぼう》。

井狩監督《いかりかんとく》

ニャイアンツの監督《かんとく》。怒《おこ》ると怖《こわ》いが愛情《あいじょう》は人一倍《ひといちばい》。ミー太郎《たろう》をスカウトした張本人《ちょうほんにん》。好《す》きな言葉《ことば》は「常勝《じょうしょう》」。

ニューヨーク・ニャンキース

サツターバーグ会長《かいちょう》

ニューヨーク・ニャンキースの会長《かいちょう》。カリスマ的《てき》なリーダーシップを持《も》つ実業家《じつぎょうか》としても有名《ゆうめい》。傲慢《ごうまん》な性格《せいかく》がトラブルの火種《ひだね》となることもしばしば。

プリンス

サツターバーグ会長《かいちょう》の部下《ぶか》。爽《さわ》やかな風貌《ふうぼう》の好青年《こうせいねん》。ニューヨークに遠征《えんせい》したユキたちの通訳兼《つうやくけん》アテンダントを務《つと》める。

サーバリアン

ニャンキースに入団《にゅうだん》した怪力《かいりき》バッター。三角《さんかく》形《けい》の耳《みみ》や長《なが》い手足《てあし》などは、アフリカの野生《やせい》の猫《ねこ》「サーバルキャット」を連想《れんそう》させる。

キウイ・キャッツ3姉妹《しまい》

ニューヨーク近郊《きんこう》でキウイ農園《のうえん》を営《いとな》むセクシー3姉妹《しまい》。市街地《しがいち》の青空市場《あおぞらいちば》でお店《みせ》を出《だ》していたときにミー太郎《たろう》たちと出会《であ》う。

ヨリウミ ニャイアンツ

山村《やまむら》さん

ニャイアンツのベテラントレーナー。選手《せんしゅ》たちの疲《つか》れた体《からだ》を癒《い》やす、マッサージの名人《めいじん》。

英須投手《えいすとうしゅ》

ニャイアンツのエース投手《とうしゅ》。ミー太郎《たろう》にも何《なに》かとアドバイスをくれるお兄《にい》さんのような存在《そんざい》。

大嶋選手《おおしませんしゅ》

ニャイアンツの四番《よばん》バッター。恵《めぐ》まれた体格《たいかく》から生《う》み出《だ》される鋭《するど》いスイングで、ホームランを量産《りょうさん》。

目次《もくじ》

1 ナイスピッチング！ミー太郎《たろう》……5P

2 ニャンキースからの招待状《しょうたいじょう》……17P

3 パスポート大作戦《だいさくせん》……37P

4 海《うみ》を渡《わた》る猫《ねこ》……49P

5 U《ユー》・S《エス》・A《エー》！U《ユー》・S《エス》・A《エー》！……61P

6 夢《ゆめ》の舞台《ぶたい》……77P

7 ミー太郎《たろう》、大脱走《だいだっそう》！……107P

8 踊《おど》る!? ニューヨーク大捜査線《だいそうさせん》……127P

9 謎《なぞ》の猫《ねこ》バッター登場《とうじょう》……149P

10 瞳《ひとみ》の奥《おく》にかくされた真実《しんじつ》……165P

11 百億円《ひゃくおくえん》の右腕《うわん》!?……183P

ナイスピッチング！ミー太郎《たろう》

ニャイアンツ球場《きゅうじょう》に集《あつ》まった五万人《ごまんにん》が目《め》を凝《こ》らす先《さき》で、色白《いろじろ》で小柄《こがら》なピッチャーは、落《お》ち着《つ》いて息《いき》を整《ととの》えていた。

両手《りょうて》を地面《じめん》につけて四《よ》つんばいの姿勢《しせい》をとると、腰《こし》をぐーっと持《も》ち上《あ》げ、背骨《せぼね》一《ひと》つ一《ひと》つの隙間《すきま》をゆっくりと伸《の》ばしていく。

それから右手《みぎて》の甲《こう》を口元《くちもと》に寄《よ》せてペランとなめると、その手《て》で目《め》の周《まわ》りをこする。次《つぎ》はひじや肩《かた》までペランペランとなめる。左《ひだり》も同《おな》じようになめる。

そのピッチャーの名《な》はミー太郎《たろう》。オス、1歳《さい》。右投《みぎな》げ右打《みぎう》ち、背番号《せばんごう》222。ニックネームはミーちゃん。プロ野球《やきゅう》の長《なが》い歴史《れきし》の中《なか》で、選手《せんしゅ》になった猫《ねこ》は、ミーちゃんただ一匹《いっぴき》だ。

この愛《あい》くるしい〝猫《ねこ》ピッチャー〟は、いまや野球界《やきゅうかい》のアイドルとなった。

客席《きゃくせき》の一角《いっかく》に固《かた》まって座《すわ》る女子小学生《じょししょうがくせい》のグループから「せーの」と息《いき》を合《あ》わせる声《こえ》が聞《き》こえてくる。

「ミーちゃん、がんばれー！」

かわいらしい声《こえ》は客席《きゃくせき》によく響《ひび》き、周《まわ》りの席《せき》から拍手《はくしゅ》が湧《わ》いた。

ミーちゃんが毛《け》づくろいをする間《あいだ》に、ぷうーっという音《おと》が、球場全体《きゅうじょうぜんたい》を包《つつ》んだ。

白《しろ》、オレンジ、黄色《きいろ》、赤《あか》、青《あお》……。カラフルな熱帯魚《ねったいぎょ》が一気《いっき》に卵《たまご》からかえったように、何万個《なんまんこ》もの細長《ほそなが》い風船《ふうせん》がふくらんでいく。

「これ全部《ぜんぶ》、いっせいに夜空《よぞら》を泳《およ》ぐんだ」

その景色《けしき》を想像《そうぞう》してみただけで、客席《きゃくせき》に座《すわ》る山田《やまだ》ユキの期待《きたい》も、はちきれそうなほどふくらむ。

斜《なな》め前《まえ》の席《せき》に目《め》を移《うつ》すと、ユキよりもずっと小《ちい》さな女《おんな》の子《こ》が、白《しろ》い風船《ふうせん》に口《くち》をつけて一生懸命《いっしょうけんめい》ふーっと息《いき》を吐《は》いていた。

「ねー、できないよー」

「パパに貸《か》してごらん」

女《おんな》の子《こ》が父親《ちちおや》に渡《わた》した風船《ふうせん》は、あっという間《ま》に大《おお》きくなった。

「パパすごーい」

「ハイ、まだ手《て》を離《はな》しちゃダメだよ」

「うん。ミーちゃんが勝《か》ったら、だよね？」

「そうだよ。もうすぐだからね」

ここに集《あつ》まっている人《ひと》たちはみんな、野球《やきゅう》が大好《だいす》きだ。

そして、ミーちゃんのことが大好《だいす》きだ。

でもね、とユキは思《おも》う。

みんなが大好《だいす》きなミーちゃんは、わたしだけのミーちゃんなんだよ。

「さあ最終回《さいしゅうかい》だよー！　ミーちゃん、最後《さいご》までしっかりー！」

ユキが叫《さけ》ぶと、周《まわ》りの人《ひと》が振《ふ》り返《かえ》り、何人《なんにん》かがハッと声《こえ》を上《あ》げた。

「ああ、あの子《こ》、ミーちゃんの……？」

「きっとそうだよ。このあいだテレビで見《み》た」

そう言《い》いながら、ユキのことを見《み》ている。ユキはちょっと恥《は》ずかしそうにしながら、
でも注目《ちゅうもく》をあびて、内心《ないしん》ではすごくいい気分《きぶん》になっていた。

＊＊＊

1週間《しゅうかん》ほど前《まえ》、ユキはテレビに出《で》ていた。『スポーツ感動《かんどう》バラエティ　元気《げんき》サプリ』という番組《ばんぐみ》だ。

その日《ひ》ユキの家《いえ》にやってきたのは、CM《シーエム》でホームランをかっとばす姿《すがた》が人気《にんき》の女性《じょせい》タレント、アオイさんだった。リポーターを務《つと》める彼女《かのじょ》がニットシャツの胸元《むなもと》に小《ちい》さなマイクをつけて準備《じゅんび》をしている間《あいだ》、ユキは「有名人《ゆうめいじん》がわたしの部屋《へや》にいる！」と思《おも》うだけでソワソワソワした。あまりの緊張《きんちょう》で、口《くち》の中《なか》が水《みず》を抜《ぬ》いた田《た》んぼのようにカラカラに乾《かわ》いていたけれど、「水《みず》を取《と》ってきます」と言《い》うこともできず、ただ固《かた》まっていた。

準備《じゅんび》が整《ととの》い、カメラを構《かま》えたディレクターが「3、2、1、ハイ」と合図《あいず》を出《だ》すと、アオイさんが高《たか》いテンションでしゃべり始《はじ》めた。

「ハーイ、わたしはいま、話題《わだい》の猫《ねこ》ピッチャー、ミーちゃんのおうちにおじゃましていまーす！　ミーちゃんは部屋《へや》でリラックスしていると聞《き》いたんですが……あー！　いました、いましたー！」

ミーちゃんは床《ゆか》に置《お》かれた皿《さら》を前足《まえあし》で抱《かか》えるようにして、ペロペロと水《みず》をなめていた。カメラが近《ちか》づいていくと、ちょっと首《くび》をかしげながら顔《かお》を上《あ》げてレンズを見《み》つめた。

「きゃあー！　かわいいー！」

アオイさんの胸《むね》は、一瞬《いっしゅん》でミーちゃんに撃《う》ち抜《ぬ》かれた。彼女《かのじょ》はしゃがんだ姿勢《しせい》で両手《りょうて》をバタバタさせていたかと思《おも》うと、次《つぎ》の瞬間《しゅんかん》、目《め》に涙《なみだ》をためていた。

「かわいい動物《どうぶつ》を見《み》ると、なぜか泣《な》けちゃう」という人《ひと》に、ユキはこれまで何人《なんにん》か会《あ》ったことがある。そのたびにユキは「わかる！」と、手《て》を取《と》り合《あ》ってきた。

きっとアオイさんもそのタイプの人《ひと》なんだろう。

ユキはアオイさんの手《て》を握《にぎ》ることはなかったけれど、彼女《かのじょ》と一気《いっき》に打《う》ち解《と》けた気分《きぶん》になった。

「それでは、ミーちゃんの飼《か》い主《ぬし》・山田《やまだ》ユキさんにお話《はなし》をうかがってみましょう」

アオイさんはユキにインタビューを始《はじ》めた。

「ユキさんはどうしてミーちゃんに野球《やきゅう》を教《おし》えようと思《おも》ったんですか？」

「最初《さいしょ》はこれでいっしょに遊《あそ》んでたんですよ」

ユキはゴムでできたボールを手《て》に取《と》り、その日《ひ》のことを思《おも》い出《だ》していた。

ミーちゃんは最初《さいしょ》、赤《あか》ちゃんがほ乳《にゅう》びんをつかむように両手《りょうて》でボールを持《も》ち上《あ》げると、そのままポイッと離《はな》すだけだった。ボールは目《め》の前《まえ》に落《お》ち、力《ちから》なくコロコロと転《ころ》がった。

「初《はじ》めてボールで遊《あそ》んだときは、全然《ぜんぜん》野球《やきゅう》のピッチングっぽくなかったんですよ。でもわたしは『才能《さいのう》あるぞ』ってミーちゃんをほめてあげたんです」

「ほめてあげたんだー。ミーちゃんはうれしそうだった？」

「はい。わたしも4歳《さい》のとき、お兄《にい》ちゃんとキャッチボールをしてほめられたから」

「やっぱり、ほめられたらうれしいもんねー。ミーちゃんはユキさんに感謝《かんしゃ》してるんでしょうね」

ユキはミーちゃんの楽《たの》しそうな顔《かお》を、いまでも思《おも》い出《だ》せる。

初《はじ》めてやってみたことを、大好《だいす》きな人《ひと》にほめられたら、すごくうれしい。その気持《きも》ちは、人間《にんげん》でも猫《ねこ》でも同《おな》じだと思《おも》う。

初《はじ》めてのキャッチボールから半年後《はんとしご》、ミーちゃんは人間《にんげん》でも簡単《かんたん》にはまねできないほどの速球《そっきゅう》を投《な》げるようになっていた。

「ミーちゃんをプロ野球選手《やきゅうせんしゅ》にしようと思《おも》ったのも、ユキさんなの？」

アオイさんはインタビューをつづけた。

「いや、そこまでは思《おも》わなかったですよ」

「普通《ふつう》そうだよね」

「わたしはただ、『おもしろねこ動画《どうが》』っていう番組《ばんぐみ》に、ミーちゃんのピッチング動画《どうが》を投稿《とうこう》したんです。そしたら、たまたまそのテレビをニャイアンツの井狩監督《いかりかんとく》が見《み》てくれたみたいで」

「じゃあ、ニャイアンツのほうからスカウトに？」

「ええ。まさかって思《おも》いましたよ」

「ニャイアンツは何考《なにかんが》えてるんだ？　って思《おも》うよね」

「わたし、そこまで言《い》ってませーん！」

「あっ！」

しゃべりすぎたアオイさんは、舌《した》を出《だ》して笑《わら》ってごまかしていた。ディレクターは、アオイさんのかわいい表情《ひょうじょう》が撮《と》れたと言《い》って、満足《まんぞく》そうだった。

＊＊＊

「あのー、ミーちゃんの家《うち》の人《ひと》ですか？」

ニャイアンツ球場《きゅうじょう》の客席《きゃくせき》で、ユキに気《き》づいた子《こ》どもが声《こえ》をかけてきた。この子《こ》もきっとテレビを見《み》たんだろう。

「握手《あくしゅ》してください！」

「え？　わたしと？」

ユキは自分《じぶん》が有名人《ゆうめいじん》になったような気《き》がして、ますますうれしくなった。

「わー、ありがとう！」

ユキはニッコリして、差《さ》し出《だ》された小《ちい》さな手《て》を握《にぎ》った。

「これからもミーちゃんを応援《おうえん》してあげてね！」

そう言《い》ってユキはたくさんの風船《ふうせん》の間《あいだ》をすり抜《ぬ》けるように歩《ある》き出《だ》し、ニャイアンツのベンチへつづく階段《かいだん》を急《いそ》ぎ足《あし》で下《お》りていった。

ユキがベンチについたころ、試合《しあい》は大詰《おおづ》めを迎《むか》えていた。

3対《たい》0とリードするニャイアンツの勝《か》ちが決《き》まるまで、あとアウト一《ひと》つだ。

マウンド上《じょう》のミーちゃんが、もう一度《いちど》手《て》の甲《こう》で顔《かお》をぬぐうと、一秒《いちびょう》ほど呼吸《こきゅう》を止《と》めて真剣《しんけん》な目《め》で相手《あいて》バッターを見《み》つめた。

ヒゲをゆらしながら投球《とうきゅう》の動作《どうさ》に入《はい》る。長《なが》い爪《つめ》でしっかりボールをつかんで、一気《いっき》に腕《うで》を振《ふ》り下《お》ろすと、手《て》を離《はな》れたボールはきれいな回転《かいてん》の直球《ちょっきゅう》で、キャッチャーの構《かま》えるところにすーっと伸《の》びていった。

相手《あいて》バッターは思《おも》い切《き》りバットを振《ふ》ったが、ボールをとらえることなく、勢《いきお》いあまってドテッと尻《しり》もちをついた。

空振《からぶ》り三振《さんしん》。スリーアウト。

ニャイアンツが今日《きょう》も勝《か》った。

「やったー！」

「ミーちゃん、すごいぞー！」

球場全体《きゅうじょうぜんたい》から、歓声《かんせい》が沸《わ》き上《あ》がる。

ミーちゃんは両手《りょうて》を挙《あ》げてバンザイした。

ひゅーんひゅーんと、たくさんのジェット風船《ふうせん》が風《かぜ》を切《き》って夜空《よぞら》を泳《およ》ぎ回《まわ》っている。

ニャイアンツの勝利《しょうり》をお祝《いわ》いするために、ファンたちがふくらませていた風船《ふうせん》だ。

「みんな、ミーちゃんの勝利《しょうり》を喜《よろこ》んでくれて、ありがとう！」

客席《きゃくせき》を見渡《みわた》しながらそうつぶやいたユキが、今度《こんど》はグラウンドに視線《しせん》を送《おく》る。

選手《せんしゅ》たち、つまり大人《おとな》の人間《にんげん》たちを従《したが》えるようにして、先頭《せんとう》に立《た》つミーちゃんが堂々《どうどう》とベンチに戻《もど》ってくる。

「ニャニャーッ！」

ユキと目《め》を合《あ》わせると、ミーちゃんがうれしそうに笑《わら》った。

「ミーちゃん、ナイスピッチング！」

「ミー！」

ミーちゃんは手《て》を腰《こし》に当《あ》て、返事《へんじ》をした。

そして、「ぼく、すごいでしょ？」と言《い》うように、得意《とくい》げに胸《むね》を張《は》った。

ニャンキースからの招待状《しょうたいじょう》

第《だい》2章《しょう》

「ミーちゃんかわいかったなー」

「ねえねえ写真《しゃしん》撮《と》れた？」

「撮《と》れたよ。あとでＬＩＮＥ《ライン》しようか？」

「あ、ほしいー！」

試合《しあい》を見届《みとど》けた観客《かんきゃく》たちが、今日《きょう》の楽《たの》しかった思《おも》い出《で》を語《かた》りながらそれぞれの家路《いえじ》につくと、グラウンドを照《て》らしていた明《あ》かりが８割《わり》ほど消《き》えた。

芝生《しばふ》の上《うえ》に、スプリンクラーで水《みず》をまく音《おと》だけが響《ひび》く。

まるでシャンプーの泡《あわ》をシャワーで洗《あら》い流《なが》すように、ついさっきまでそこにいた何万《なんまん》人《にん》もの笑《わら》い声《ごえ》や拍手《はくしゅ》、そして応援団《おうえんだん》の楽器《がっき》の音《おと》もふわふわの泡《あわ》になって、地面《じめん》の下《した》に流《なが》されていくようだ。


ニャイアンツの選手《せんしゅ》たちは、帰《かえ》りのしたくを始《はじ》めていた。

「おつかれさーん」

「ラーメン食《た》べ行《い》く人《ひと》ー？」

「あ、おれ、行《い》きたいっす！　野菜《やさい》マシマシで！」

「マッサージいまだれー？」

「先輩《せんぱい》、今日《きょう》ヒット4本《ほん》でしょ。明日《あした》、ぼくにもバット貸《か》してもらえませんか？」

「やだよ。折《お》られたら困《こま》る」

「シャワー次《つぎ》おれだから！　ラーメンまだ待《ま》っててよ！」

廊下《ろうか》で待《ま》つユキの耳《みみ》に、男子更衣室《だんしこういしつ》の中《なか》からいろんな声《こえ》が聞《き》こえてくる。

ミーちゃんの帰《かえ》りじたくは、すごく簡単《かんたん》だ。

ユニフォームを着《き》ないので、着替《きが》えは必要《ひつよう》ない。体《からだ》がぬれるのもきらい。だからシャワーを浴《あ》びる必要《ひつよう》もない。土《つち》ぼこりを落《お》とすなら、毛《け》をなめるだけで十分《じゅうぶん》だ。

「さあ、帰《かえ》ろうか？」

更衣室《こういしつ》を素通《すどお》りして出《で》てきたミーちゃんに、ユキは、そう声《こえ》をかけたが、ミーちゃんは「ニャッ」と首《くび》を振《ふ》って歩《ある》き出《だ》す。

「あ、そうか、山村《やまむら》さんのとこ行《い》かなくちゃか」

着替《きが》えもシャワーもいらないけれど、ミーちゃんは試合後《しあいご》のマッサージだけは絶対《ぜったい》に欠かさない。一流のプロ選手がやっていることは自分も同じようにやりたがる。そんなちょっとカッコつけたがりな性格《せいかく》も、ミーちゃんのかわいいところだ。

「やあミーちゃん、ちょっと待《ま》っててね。いま終《お》わるから」

「ミー」

山村《やまむら》さんはニャイアンツのトレーナーで、選手《せんしゅ》たちの体《からだ》の手入《てい》れを担当《たんとう》している。選《せん》手《しゅ》たちは、試合《しあい》や練習《れんしゅう》で体《からだ》が疲《つか》れたとき、必《かなら》ず山村《やまむら》さんにお世話《せわ》になる。いまも別《べつ》の選《せん》手《しゅ》をマッサージしているところだ。

ミーちゃんは保健室《ほけんしつ》にあるみたいな丸《まる》いグレーのいすに腰《こし》かけ、順番《じゅんばん》を待《ま》った。

「ハイ、お待《ま》たせ」

山村《やまむら》さんがひざをポンと叩《たた》くと、ミーちゃんはその上《うえ》にちょこんと飛《と》び移《うつ》った。

柔《やわ》らかくて温《あたた》かい山村《やまむら》さんの指《ゆび》が、ミーちゃんの小《ちい》さな肩《かた》をさがし当《あ》て、こわばった筋肉《きんにく》をやさしくもみ始《はじ》める。

ミーちゃんはこうして山村《やまむら》さんにマッサージしてもらうと、疲《つか》れた肩《かた》はもちろん、全《ぜん》身《しん》がポカポカしてくるみたいで本当《ほんとう》に気持《きも》ちよさそうだ。

「ミーちゃん、寝《ね》ちゃいそうですね」

ユキがヒソヒソ声《ごえ》で話《はな》しかけた。

「うん。今日《きょう》はけっこう、疲《つか》れてるみたいだよ」

「山村《やまむら》さん、すごいですよね」

「何《なに》が？」

「だって、触《さわ》っただけでわかるんでしょ？」

「まあ、それが仕事《しごと》だからね」

「指先《ゆびさき》だけで、猫《ねこ》とも会話《かいわ》ができるなんて」

「まさか猫《ねこ》のマッサージが仕事《しごと》になるとはまったく想像《そうぞう》してなかったけどね」

「本当《ほんとう》ですね」

山村《やまむら》さんは肩《かた》だけでなく、首《くび》の後《うし》ろやあごの下《した》もゆっくりともんでくれた。

ミーちゃんは夢心地《ゆめごこち》になり、ゴロゴロとのどを鳴《な》らした。

うたた寝《ね》は、勢《いきお》いよくドアをノックする音《おと》でさえぎられた。

ミーちゃんがガバッと飛《と》び起《お》き、ユキがビクッとして顔《かお》を上《あ》げると、トレーナー室《しつ》の入《い》り口《ぐち》に井狩監督《いかりかんとく》が立《た》っていた。

「おお、ミー太郎《たろう》、やっぱりここにいたか」

ビッシリと生《は》やした口《くち》ヒゲが特徴《とくちょう》の、ちょっと太《ふと》ったこのおじさんこそ、ニャイアンツを束《たば》ねる名監督《めいかんとく》だ。

試合中《しあいちゅう》はいつも眉間《みけん》にシワをよせ、目《め》を三角形《さんかくけい》に吊《つ》り上《あ》げてプレーを見《み》つめている。

その顔《かお》はかなり怖《こわ》いけれど、野球《やきゅう》への愛情《あいじょう》は人一倍強《ひといちばいつよ》い。

監督《かんとく》は口《くち》ヒゲをピクピク動《うご》かしながら、息《いき》を切《き》らして言葉《ことば》をつづける。

「すげえぞ。メジナリーグから対戦《たいせん》を申《もう》し込《こ》まれた」

山村《やまむら》さんが聞《き》き返《かえ》す。

「メジナってアメリカの？」

「決《き》まってんだろ」

今度《こんど》はユキが質問《しつもん》する。

「アメリカの、どこですか？」

「ニュ、ニューヨークだ！」

「ほんとに？　すごーい！　ミーちゃん、ニューヨークだって、ニューヨーク！」

「……ニャ？」

ユキも監督《かんとく》も興奮《こうふん》しているが、ミーちゃんだけは、きょとんとしている。

「すぐにミーティングルームに集《あつ》まってくれ！　いいな！」

「あ、監督《かんとく》……」

ユキが呼《よ》び止《と》めようとしたけれど、遅《おそ》かった。

振《ふ》り返《かえ》りざま、監督《かんとく》はドアに勢《いきお》いよく頭《あたま》をぶつけて、「ぐおっ！」と変《へん》な声《こえ》を出《だ》した。

「なんだよ？」

おでこをさすりながら、監督《かんとく》がユキに聞《き》いてきた。

「あ、いや、頭《あたま》ぶつかるって言《い》おうと……」

「ユキちゃん、そういうことは先《さき》に言《い》えよ」

「だって言《い》う前《まえ》に動《うご》いたから……」

「とにかく集合《しゅうごう》な！」

そう言《い》い残《のこ》して、監督《かんとく》は廊下《ろうか》に飛《と》び出《だ》した。

「あー、待《ま》って！」

「今度《こんど》はなんだ？」

「そっちじゃないです。ミーティングルーム。右《みぎ》ですよ、右《みぎ》」

「だからユキちゃん、そういうことは先《さき》に……」

「言《い》いましたよー」

「……そうだな。うん。ありがとう」

監督《かんとく》は恥《は》ずかしそうに言《い》って、廊下《ろうか》の右側《みぎがわ》を指差《ゆびさ》し、スタスタと歩《ある》いていった。


ミーティングルームに入《はい》ると、ほかの選手《せんしゅ》たちはもう席《せき》についていた。

急《きゅう》に集《あつ》められたので、選手《せんしゅ》たちはチノパンにジャケット、T《ティー》シャツとデニム、上下《じょうげ》スウェットなど、服装《ふくそう》がみんなバラバラだ。

「アメリカから招待《しょうたい》されたって、マジなんですかね？」

「そうなんじゃない？　だって監督《かんとく》あんなに興奮《こうふん》してたし」

「わざわざうそつく必要《ひつよう》ないし」

「でもさあ、明日《あした》じゃダメなのかよ。ラーメン屋《や》、あと30分《ぷん》で閉《し》まっちゃうんだよ」

ええー？　ラーメン屋《や》さんこそ、明日《あした》でいいじゃない？

ユキは心《こころ》の中《なか》でそうつぶやきながら、思《おも》わず笑《わら》ってしまった。男子《だんし》っていう生《い》き物《もの》は、どうしてこう、いくつになっても子《こ》どもみたいなんだろう。

「おれは今日《きょう》食《く》いたいんだよー」

という声《こえ》が聞《き》こえてきて、ユキは自分《じぶん》の心《こころ》が読《よ》まれたのかと思《おも》い、ギクッとした。

一番後ろ《いちばんうし》の右側《みぎがわ》に、英須《えいす》投手《とうしゅ》が座《すわ》っていた。

英須《えいす》さんはニャイアンツ投手陣《とうしゅじん》の大黒柱《だいこくばしら》で、ミーちゃんにもいろいろなアドバイスをくれるやさしいお兄《にい》さんのような存在《そんざい》だ。

「英須《えいす》さーん、となりいいですか？」

「どうぞ。ミーちゃんも」

ユキとミーちゃんは、英須《えいす》さんの横《よこ》の空《あ》いた席《せき》に並《なら》んで座《すわ》った。

「なんかさあ、小学生《しょうがくせい》のころの、遠足《えんそく》のオリエンテーションみたいだね」

「ほんとですね！」

「授業《じゅぎょう》を一時間《いちじかん》つぶしてさ、クラスみんなでしおりを読《よ》み合《あ》わせたり」

「そう。あと、バスの席《せき》も決《き》めましたよね。黒板《こくばん》にマス目《め》を書《か》いて、二人組《ふたりぐみ》でくじ引《ひ》いて、当《あ》たったところに自分《じぶん》の名前書《なまえか》いてくの」

「乗《の》り物酔《ものよ》いしやすい人《ひと》は前《まえ》のほうに変《か》えてもらったりして」

「なつかしいー」

ひとしきりおしゃべりで盛《も》り上《あ》がったところで、井狩監督《いかりかんとく》がやってきた。

「よーし、では始《はじ》めるぞー」

その一声《ひとこえ》で、みんなが話《はな》すのをやめた。

だが、ミーちゃんだけは全然《ぜんぜん》ジッとしていられなくて、床《ゆか》からいすへ、いすから机《つくえ》の上《うえ》へとかけ上《のぼ》ると、今度《こんど》は長机《ながづくえ》を端《はし》から端《はし》まで歩《ある》き始《はじ》めた。

静《しず》かな部屋《へや》の中《なか》に、カサカサと書類《しょるい》を踏《ふ》みつける音《おと》や、カツンとペンを蹴飛《けと》ばしてしまう音《おと》だけが響《ひび》いていた。

「ミー太郎《たろう》は相変《あいか》わらず自由《じゆう》だな。しょうがねえ。始《はじ》めるぞ」

監督《かんとく》がパソコンのキーを叩《たた》く。

すると部屋《へや》のスクリーンに、きれいなスタジアムの画像《がぞう》が映《うつ》し出《だ》された。

「対戦《たいせん》を申《もう》し込《こ》んできたのは、ニューヨーク・ニャンキースだ」

「うおー！」

「すげー！」

「おまえら、ニューヨークへ行《い》きたいかー！」

「おおー！」

なんかすごいテンション。

監督《かんとく》は一口《ひとくち》、水《みず》を飲《の》む。

「えーと、どこまで話《はな》したっけ？」

「まだ何《なに》も」と英須《えいす》さん。

「まだ何《なに》も？　そうか」

監督《かんとく》はまた水《みず》を飲《の》み、もう一度《いちど》キーボードを叩《たた》いた。

今度《こんど》は軽《かろ》やかなファンファーレをBGM《ビージーエム》に、動画《どうが》が流《なが》れ始《はじ》めた。

ピッチャーマウンドを中心《ちゅうしん》にして、ユニフォームを着《き》たニャンキースの選手《せんしゅ》たちが横《よこ》一列《いちれつ》に並《なら》んでいる。列《れつ》の両端《りょうたん》には、日本《にっぽん》とアメリカの国旗《こっき》がかかげられている。

本格的《ほんかくてき》に作《つく》り込《こ》まれた動画《どうが》を目《め》にし、ニャイアンツの選手《せんしゅ》たちは喜《よろこ》ぶというより感心《かんしん》してしまい、ただ「ほおー」とか「はあー」とか口《くち》にしていた。

次《つぎ》に、カメラは列《れつ》の真《ま》ん中《なか》に立《た》つ、一人《ひとり》だけスーツ姿《すがた》の男性《だんせい》にクローズアップした。

「あれ？　この人《ひと》、見《み》たことある気《き》がする。いっぱいテレビ出《で》てたよね」

ユキは画面《がめん》に目《め》を凝《こ》らす。

その男性《だんせい》は、選手《せんしゅ》に負《ま》けないぐらい背《せ》が高《たか》く、肩幅《かたはば》も広《ひろ》く、首《くび》もお腹《なか》も腕《うで》も指《ゆび》も、全《ぜん》部《ぶ》が太《ふと》く見《み》える。指輪《ゆびわ》もゴツい。体中《からだじゅう》のすべてのパーツがＸＸＬ《エックスエックスエル》サイズに見《み》えるが、目《め》だけは細《ほそ》く、鋭《するど》く、吊《つ》り上《あ》がっていた。

さらに強烈《きょうれつ》なのは、その髪型《かみがた》だ。日《ひ》の光《ひかり》を反射《はんしゃ》させたキラキラの金髪《きんぱつ》は、頭《あたま》のてっぺんからおでこに向《む》かって前《まえ》に流《なが》れている。まるで掃除用《そうじよう》のモップをひっくり返《かえ》したみたいな、見《み》たことのない髪型《かみがた》。

「わかった！　あの大統《だいとう》りょ……」

「ちがーう！　たしかに似《に》てるけど、ちがう人《ひと》だよ」

思《おも》わず叫《さけ》んでしまったユキに、英須《えいす》さんが教《おし》えてくれた。

画面《がめん》の中《なか》の彼《かれ》が英語《えいご》で話《はな》し出《だ》すと、日本語《にほんご》の字幕《じまく》が流《なが》れてきた。

「ヨリウミ・ニャイアンツのみなさん、ごきげんいかがかな？　わたしはニャンキースの会長《かいちょう》、サッターバーグだ」

この動画《どうが》は、会長《かいちょう》からのメッセージらしい。

「われわれニャンキースは、アメリカと日本《にっぽん》の友情《ゆうじょう》を深《ふか》めるために、ニャイアンツのみなさんをここニューヨークにお招《まね》きして、親善試合《しんぜんじあい》を行《おこな》いたいと思《おも》っている。ニャイアンツは日本一《にっぽんいち》強《つよ》く、日本一《にっぽんいち》人気《にんき》のあるチームだそうだね。特《とく》にミスター・ミー太郎《たろう》という選手《せんしゅ》は大《だい》スターだと聞《き》いているよ。ミスター・ミー太郎《たろう》とニャイアンツのみなさんには、ぜひアメリカの野球《やきゅう》ファンを大《おお》いに喜《よろこ》ばせてほしい。君《きみ》たちが来《く》る日《ひ》を、楽《たの》しみに待《ま》っているよ！」

サッターバーグ会長《かいちょう》が右手《みぎて》の親指《おやゆび》を立《た》てて笑顔《えがお》になったところで、動画《どうが》は止《と》まった。

「さすが人気者《にんきもの》だな、ミーちゃんは」

英須《えいす》さんは頬《ほほ》に手《て》を当《あ》て、指《ゆび》の腹《はら》でこめかみをこすりながら、こっちを向《む》いた。

でもミーちゃんが見当《みあ》たらない。

「あれ、ミーちゃんは？」

英須《えいす》さんがキョロキョロしていると、ミーちゃんは本棚《ほんだな》の上《うえ》から飛《と》び降《お》り、ユキのところへ走《はし》ってきて、腕《うで》にしがみついた。

「どうしたの？　なんか変《へん》だよ」

ミーちゃんはしっぽをカクッと曲《ま》げている。ちょっとビビッているときのサインだ。話《はなし》を理解《りかい》して緊張《きんちょう》しているのか、それとも画面《がめん》の中《なか》のサッターバーグ会長《かいちょう》に、何《なに》かいやな気配《けはい》を感《かん》じたのだろうか。

つづけて井狩監督《いかりかんとく》が、ニャンキースについて簡単《かんたん》な説明《せつめい》を始《はじ》めた。

１００年《ねん》以上《いじょう》の伝統《でんとう》を持《も》つ、アメリカで一番《いちばん》の人気《にんき》チームで、選手《せんしゅ》たちは超一流《ちょういちりゅう》ばかり。サッターバーグ会長《かいちょう》はインターネット系企業《けいきぎょう》の創業社長《そうぎょうしゃちょう》でもあり、アメリカでは例《れい》のお騒《さわ》がせな大統領《だいとうりょう》と一《いち》、二《に》を争《あらそ》う大金持《おおがねも》ちとうわさされている。

「……って、言《い》われなくても、おまえら知《し》ってるよな」

監督《かんとく》の言葉《ことば》に、みんなが「うん」とうなずいた。

「そんなわけで、今《こん》シーズン終了直後《しゅうりょうちょくご》、おれたちはニューヨークに行《い》くことになった。会長《かいちょう》のご指名《しめい》もあるようなので、先発《せんぱつ》ピッチャーはミー太郎《たろう》にまかせたぞ」

「ニャッ！」

「英須《えいす》は、すまんが今回《こんかい》はリリーフで準備《じゅんび》してもらう。試合展開《しあいてんかい》しだいでは投《な》げてもらうからな」

「はい、喜《よろこ》んで」

ちっとも喜《よろこ》んでなさそうな声《こえ》で返事《へんじ》をしながら、英須《えいす》さんは苦笑《にがわら》いした。

「しょうがないよ。ミーちゃんのかわいさには、かなわないからなあ」

「ていうか、ミーちゃんのおかげで、ぼくらもニューヨークに招待《しょうたい》してもらえたような感《かん》じですからね」

今度《こんど》はキャッチャーの平野《ひらの》さんがつぶやく。

「ね、ミーちゃん」

「ニャハーッ！」

平野《ひらの》さんはちょっと天然《てんねん》っぽいところがあるけれど、ミーちゃんの気分《きぶん》を乗《の》せてあげるのがうまい。こういう人《ひと》がキャッチャーにいると、ピッチャーはノリノリで快投《かいとう》を連《れん》発《ぱつ》できるものだ。

いまも平野《ひらの》さんの一言《ひとこと》で、ミーちゃんはいい気分《きぶん》になった。頬《ほほ》をぷくーっとふくらませている。

でも、二人《ふたり》のようすを横目《よこめ》で見《み》ていた英須《えいす》さんは、ちょっとさびしそう。先発《せんぱつ》のチャンスがなくなったばかりか、平野《ひらの》さんにもフォローしてもらえなくて、少《すこ》し傷《きず》ついてるのかもしれない。

ここは自分《じぶん》がなんとかして英須《えいす》さんを励《はげ》まさなくちゃ。ユキは頭《あたま》をひねった。

「でもね平野《ひらの》さん、勝《か》つためにはミーちゃんががんばるだけじゃダメだと思《おも》うの」

「え？　勝《か》つ？　ニャンキースに？」

「ちょ、平野《ひらの》さん、負《ま》けるつもりなの？」

「あ、いや、そういうわけじゃ」

「えっとさー、もちろんミーちゃんのピッチングも大事《だいじ》だけれど、一試合《いっしあい》投《な》げ切《き》れるかどうかはわからないよ。ニャイアンツがあのニャンキースに勝《か》つには、英須《えいす》さんたちとも力《ちから》を合《あ》わせなくちゃ」

「そ、そうだね。ユキちゃんの言《い》うとおりだ。英須《えいす》さん、バッチリ肩《かた》を作《つく》っておいてください。ぼくもがんばってリードしますから！」

平野《ひらの》さんはそう言《い》って英須《えいす》さんのほうに手《て》をかざし、二人《ふたり》はハイタッチした。

やれやれ。これで英須《えいす》さんの傷《きず》も少《すこ》しは癒《い》えたかな。ユキはホッと胸《むね》をなでおろした。

「ところでよーおまえら、最後《さいご》に大事《だいじ》なこと確認《かくにん》な」

井狩監督《いかりかんとく》がみんなに問《と》いかけた。

「パスポート持《も》ってるか？」

選手《せんしゅ》たちはざわざわし始《はじ》めた。

「新婚旅行《しんこんりょこう》のときに」

「毎年《まいとし》グアムで自主《じしゅ》トレするから」

「ミャーミャーミャー」

「学生《がくせい》のときに1回海外《かいかいがい》行《い》ったし」

「あれ10年《ねん》たったら作《つく》り直《なお》さなきゃダメなんだよ」

「うそー？　じゃあおれダメだ」

「ニャニャーッ!?」

などの声《こえ》が聞《き》こえてきた。

「出発《しゅっぱつ》までちょうど1ヶ月《げつ》だ。持《も》ってないやつはすぐ作《つく》っとけよ。けっこう時間《じかん》かかるからな」

監督《かんとく》がそう言《い》って、ミーティングは終《お》わった。

ユキは海外旅行《かいがいりょこう》に胸《むね》が高鳴《たかな》った。ニューヨークなんて、クラスの仲《なか》のいい友《とも》だちだって、まだだれも行《い》ってない。ユキは「学校《がっこう》でまた注目《ちゅうもく》されちゃうなー」と心《こころ》の中《なか》でつぶやきながら、喜《よろこ》びをかみしめていた。

「あれ？　でも……」

ユキは大事《だいじ》なことに気《き》づいた。

「わたし、いっしょに行《い》っていいのかな？」

パスポート大《だい》作《さく》戦《せん》

第《だい》3章《しょう》

「……というわけなのよ。だから、わたしも行《い》っていい？」

その夜《よる》、ユキは家《いえ》に帰《かえ》るとすぐ、両親《りょうしん》に相談《そうだん》した。

「ミーちゃんにとって初《はじ》めての長旅《ながたび》だし、知《し》らない場所《ばしょ》へ行《い》くんだよ。やっぱりわたしがついてないとかわいそうだよね」

まず親《おや》を説得《せっとく》しないと。それがニューヨーク行《い》きの第一《だいいち》の関門《かんもん》だと思《おも》っていた。

でもお母《かあ》さんは「いいねー。いってらっしゃい」とあっさりOK《オーケー》を出《だ》した。

「招待《しょうたい》ってことは、飛行機代《ひこうきだい》とか、あっちが出《だ》してくれるんでしょ。ラッキーよねー」

お母《かあ》さんは昔《むかし》、お父《とう》さんと結婚《けっこん》するよりも前《まえ》、懸賞《けんしょう》で海外旅行《かいがいりょこう》を当《あ》てたことがあるらしい。

「タダで海外《かいがい》に行《い》けるなんて、めったにないことなんだから。いまそのチャンスを逃《の》がしたら、もう一生《いっしょう》ないかもしれないんだよ。そうだったらもったいないでしょ」

反対《はんたい》するかと思《おも》っていたお父《とう》さんも、

「ニャンキー・スタジアムなんて、夢《ゆめ》みたいじゃないか」

と、うれしそうだ。

お父《とう》さんは子《こ》どものころに野球《やきゅう》をやっていて、大《おお》きくなったらニャイアンツのピッチャーになるのが夢《ゆめ》だった。その夢《ゆめ》はかなわず、おじいちゃんの跡《あと》を継《つ》いでお寿司屋《すしや》さんになったけれど、自分《じぶん》がかなえられなかった夢《ゆめ》の世界《せかい》にミーちゃんがいることを、実《じっ》はだれよりも喜《よろこ》んでいる。

それがウチのお父《とう》さんだ。

「ミーちゃんがアメリカで活躍《かつやく》するためには、ユキが必要《ひつよう》だよ。行《い》っておいで」

なんということでしょう！　こんなにものわかりのいい親《おや》がほかにいるだろうか。ユキは押《お》し寄《よ》せる感動《かんどう》の波《なみ》を頭《あたま》からかぶり、あやうく溺《おぼ》れるところだった。

「いままで生《い》きてきた中《なか》で最高《さいこう》の日《ひ》はいつ？」とだれかに質問《しつもん》されたら、「今日《きょう》」と答《こた》えよう、とユキは心《こころ》に刻《きざ》み込《こ》んだ。

「お母《かあ》さん、お父《とう》さん、ありがとう！　じゃあわたし、明日《あした》さっそく学校《がっこう》の帰《かえ》りにパスポート作《つく》りに行《い》くから」

「ああそうか、パスポートか」

「ん？　何《なに》、お父《とう》さん？」

「ミーちゃんは？　猫《ねこ》が海外《かいがい》に行《い》くには、どんな手続《てつづ》きが必要《ひつよう》なんだ？　それこそパスポートとか」

「ニャーーッ！　ニャーーーッ！」

ミーちゃんはお父《とう》さんを指差《ゆびさ》し、手《て》を叩《たた》いている。

「ほら、ユキ、ミーちゃんこんなに反応《はんのう》してるよ」

そういえば球場《きゅうじょう》でのミーティングでも、ミーちゃんがやたらニャーニャー言《い》っていたのはパスポートの話《はなし》になったときだった。

「ミーちゃんもパスポートほしいの？」

ユキがたずねると、ミーちゃんはうんうんと何度《なんど》も縦《たて》に首《くび》を振《ふ》った。

「そりゃそうだよな。ペットじゃなくて、選手《せんしゅ》として行《い》くんだもの」

お父《とう》さんが右手《みぎて》でボールを投《な》げるまねをしながら言《い》う。

「えー、いらないんじゃない。だって猫《ねこ》だし」

その一言《ひとこと》で、リビングは記録的《きろくてき》な大寒波《だいかんぱ》に見舞《みま》われた。

ミーちゃんはあんぐりと口《くち》を開《あ》け、白目《しろめ》をむいて呆然《ぼうぜん》としている。ユキとお父《とう》さんは一瞬《いっしゅん》顔《かお》を見合《みあ》わせた後《あと》、ゆっくりと声《こえ》の主《ぬし》に向《む》き直《なお》った。

「もうお母《かあ》さんってば」

「あれー？　この空気《くうき》って、やっぱり、わたしのせい？」

山田家《やまだけ》において、２位以下《いいか》を圧倒的《あっとうてき》に引《ひ》き離《はな》すダントツの失言王《しつげんおう》であるお母《かあ》さんは、いつだってミーちゃんの気持《きも》ちをいまイチよくわかってない。

案《あん》の定《じょう》、ミーちゃんのプライドが傷《きず》ついた。ソファから飛《と》び降《お》りると、お腹《なか》を床《ゆか》にペタンとつけ、プイッと横《よこ》を向《む》いてしまった。

「あーあ、完全《かんぜん》にいじけちゃったよ」

お父《とう》さんが困《こま》ったように口《くち》をゆがめた。

お母《かあ》さんは申《もう》し訳《わけ》なさそうに自分《じぶん》の後頭部《こうとうぶ》をさすっていた。

ユキはがんばって、どうにかフォローする。

「そうだよねー、ミーちゃんだってパスポートなくちゃ困《こま》るよねー」

ミーちゃんの耳《みみ》がピクッと動《うご》き、顔《かお》がこっちを向《む》く。

そこでユキはひらめいた。

「大丈夫《だいじょうぶ》、わたしが作《つく》ってあげるよ！　ミーちゃんのパスポート！」

「ニャニャーッ！」

ミーちゃんの表情《ひょうじょう》が一気《いっき》に華《はな》やいだ。

こうしてユキたち親子《おやこ》3人《にん》は、ウキウキしながらパスポートの手作《てづく》りに取《と》りかかった。

♪握《にぎ》りしめた　大《おお》きな夢《ゆめ》は
はるかニューヨークで　かがやく
牙《きば》をむけ！　さあミー太郎《たろう》！
直球一本勝負《ちょっきゅういっぽんしょうぶ》！

ユキはひそかに自分《じぶん》で作《つく》っていた『ミーちゃん応援歌《おうえんか》』を歌《うた》いながら、小《ちい》さなノートと折《お》り紙《がみ》をテーブルに並《なら》べた。

「ではまず、表紙作《ひょうしづく》りからスタートしまーす！」

ユキは赤《あか》い折《お》り紙《がみ》を手《て》に取《と》り、ノートをぐるっと巻《ま》くように接着剤《せっちゃくざい》で貼《は》りつけた。

「ねえお母《かあ》さん、表紙《ひょうし》の模様《もよう》はどうしようか?」

「そうね、やっぱりミーちゃんらしいのが、いいわよねー」

「じゃあ肉球《にくきゅう》かな?」

「いいね!」

ユキは金色《きんいろ》の折《お》り紙《がみ》にハサミを入《い》れ、肉球《にくきゅう》の形《かたち》にカットして、表紙《ひょうし》の真《ま》ん中《なか》に貼《は》った。

「おおー、ユキうまいなあ」

今度《こんど》はお父《とう》さんが楽《たの》しそうに笑《わら》った。

肉球《にくきゅう》のマークの上《うえ》に「日本国《にほんこく》　猫旅券《ねこりよけん》」、下《した》には「JAPAN《ジャパン》 CAT'S《キャッツ》 PASSPORT《パスポート》」という文字《もじ》を金色《きんいろ》のサインペンで書《か》いたら、表紙《ひょうし》が完成《かんせい》した。

「すごーい。それっぽいよ」

お母《かあ》さんは胸《むね》の前《まえ》で、音《おと》を立《た》てずに拍手《はくしゅ》した。

「ねえミーちゃん、どうかな?」

ミーちゃんは興奮《こうふん》したように何度《なんど》も指差《ゆびさ》しながら、うなずいた。

「よーし、じゃあ写真《しゃしん》も撮《と》っちゃおう!」

ユキがスマホを構《かま》えると、お父《とう》さんが身《み》を乗《の》り出《だ》した。

「ちょーっと待《ま》った！　証明写真《しょうめいしゃしん》って、きれいに撮《と》るコツがあるんだよ」

お父《とう》さんが言《い》うには、撮《と》る前《まえ》からレンズを見《み》すぎないことが一《ひと》つのポイントらしい。

「最初《さいしょ》からキメ顔《がお》しちゃうと、顔《かお》によけいな力《ちから》が入《はい》りすぎて、ブサイクになりやすいんだ」

「ふーん。じゃあどうすればいいの？」

「撮《と》る人《ひと》がシャッターを押《お》す前《まえ》に、3、2、1ってカウントダウンしてあげるんだよ。それで撮《と》られるほうは最初《さいしょ》目《め》をつぶってて、1って聞《き》こえたら目《め》を開《あ》けるの」

「へえー、お父《とう》さんよく知《し》ってるね。ミーちゃんわかった？　やってみようよ」

「あ、あとね、ひざの上《うえ》にノートとか白《しろ》い紙《かみ》を置《お》くのもポイントだよ。白《しろ》い紙《かみ》が光《ひかり》を反《はん》射《しゃ》して、顔《かお》を明《あか》るくしてくれるから」

ユキはお父《とう》さんが教《おし》えてくれたとおり、自分《じぶん》のノートの白紙《はくし》のページを開《ひら》いて、ソファに座《すわ》るミーちゃんのひざの上《うえ》に広《ひろ》げた。

「3、2、1って言《い》ってから目《め》を開《あ》けるんだよ」

ミーちゃんはユキのかけ声《ごえ》に合《あ》わせて、タイミングよくパッチリと目《め》を開《ひら》いた。

部屋《へや》を明《あか》るくして撮《と》ったので、黒目《くろめ》は細長《ほそなが》くなっちゃうけれど、これはしかたがない。もし暗《くら》いところでフラッシュをたいたら、猫《ねこ》って目《め》からビームを出《だ》してるみたいに光《ひか》っちゃって不気味《ぶきみ》だし、それ以前《いぜん》にフラッシュの強《つよ》い光《ひかり》が猫《ねこ》の目《め》を痛《いた》めてしまうので、絶《ぜっ》対《たい》ダメだ。

「すごーいお父《とう》さん。本当《ほんとう》にうまく撮《と》れたよ」

「ユキは腕《うで》がいいなあ」

お父《とう》さんがほめてくれた。

「ミーちゃんも写真写《しゃしんうつ》りがいいのね」

お母《かあ》さんはミーちゃんをほめてくれた。

ユキは急《いそ》いでコンビニに走《はし》り、写真《しゃしん》をプリントアウトして戻《もど》ると、ノートの2ページ目《め》に接着剤《せっちゃくざい》で貼《は》りつけた。

写真《しゃしん》の横《よこ》にはミーちゃんの名前《なまえ》、誕生日《たんじょうび》、性別《せいべつ》などを英語《えいご》で書《か》き込《こ》んだ。最後《さいご》に、自《じ》筆《ひっ》で名前《なまえ》を書《か》く場所《ばしょ》に、ミーちゃんの手形《てがた》を押《お》した。

「できたー！　ミーちゃんのパスポート、完成《かんせい》でーす！　イエーイ！」

「ニャーイ！」

ミーちゃんは満足《まんぞく》そうに、自分《じぶん》の手《て》で何度《なんど》も表紙《ひょうし》を触《さわ》ったり、写真《しゃしん》のページをめくったりしている。

「どう？　気《き》に入《い》った？」

ユキが声《こえ》をかけるが、ミーちゃんはものの10秒《びょう》でポイッとパスポートを投《な》げ出《だ》し、どこかへ行《い》ってしまった。

まったく、猫《ねこ》は本当《ほんとう》に飽《あ》きっぽい。


それから1週間後《しゅうかんご》、今度《こんど》はユキのパスポートが完成《かんせい》した。

でも……。

ユキはまるで、ボテボテの内野《ないや》ゴロでダブルプレーに倒《たお》れたバッターのように、下《した》を向《む》いてとぼとぼと歩《ある》きながら、パスポートセンターを出《で》た。

「うぐぐ、最悪《さいあく》。史上最悪《しじょうさいあく》」

お父《とう》さんから聞《き》いたアドバイスをすっかり忘《わす》れていて、証明写真《しょうめいしゃしん》を撮《と》るのに失敗《しっぱい》していたのだ。

「何《なに》これ髪《かみ》ボッサボサだし、顔色《かおいろ》どす黒《ぐろ》いし、目《め》とか半分《はんぶん》閉《と》じてるし、ほっぺたなんて冬眠前《とうみんまえ》のリスがドングリ詰《つ》め込《こ》んだのかってぐらいパンパンだし。どうしてプリクラは400円《えん》でかわいくしてくれんのに、証明写真《しょうめいしゃしん》だと600円《えん》もするくせにわざわざブスに撮《と》るのよ。中学《ちゅうがく》の卒《そつ》アルとかより全然《ぜんぜん》ブス。やっぱりお金《かね》ケチらないでもう1回撮《かいと》り直《なお》したほうがよかったなー絶対《ぜったい》」

ユキは目《め》の前《まえ》にある自分《じぶん》の写真《しゃしん》を見《み》

て、はげしく後悔《こうかい》した。

地球上最大《ちきゅうじょうさいだい》の動物《どうぶつ》であるシロナガスクジラの深呼吸《しんこきゅう》のような大《おお》きなため息《いき》をついて、できあがったばかりのパスポートをそっと閉《と》じた。

「いままで生《い》きてきた中《なか》で最悪《さいあく》の日《ひ》はいつ？」とだれかに質問《しつもん》されたら、「今日《きょう》」と答《こた》えよう、とユキは心《こころ》に刻《きざ》み込《こ》んだ。

海《うみ》を渡《わた》る猫《ねこ》

第《だい》4章《しょう》

「うわー、なんかいやな予感《よかん》がする」

カーテンを開《あ》けながら、ユキはつぶやいた。

今日《きょう》はいよいよニャイアンツがニューヨークに出発《しゅっぱつ》する日《ひ》だ。それなのに朝《あさ》から強《つよ》い雨《あめ》が降《ふ》っていた。

「ミーちゃん、雨《あめ》だね」

部屋《へや》の中《なか》にいるのに、ミーちゃんの体《からだ》がブルブルッとふるえている。

猫《ねこ》は自分《じぶん》の毛《け》が水《みず》にぬれることをすごくいやがる。だからミーちゃんも雨《あめ》が大《だい》の苦手《にがて》。

雨《あめ》の日《ひ》は、ドーム球場《きゅうじょう》以外《いがい》は試合《しあい》に出《で》たがらないほどだ。

「よりによって、なんで今日《きょう》降《ふ》るかな」


ユキはミーちゃんを移動用《いどうよう》のキャリー『ミー太郎号《たろうごう》』に入《い》れて、電車《でんしゃ》を乗《の》りつぎ成田《なりた》空港《くうこう》にたどりついた。

空港《くうこう》についてすぐ、動物検疫所《どうぶつけんえきじょ》というところに向《む》かった。猫《ねこ》が外国《がいこく》に行《い》くためには、人間《にんげん》とはちがった手続《てつづ》きが必要《ひつよう》だからだ。

手続《てつづ》きを終《お》えてロビーに急《いそ》ぐと、ピッチャーの英須《えいす》さんやキャッチャーの平野《ひらの》さん、四番《よばん》バッターの大嶋《おおしま》さん、そして井狩監督《いかりかんとく》たち、みんなが集《あつ》まっていた。全員《ぜんいん》、チームおそろいのスーツを着《き》ている。

「大《おお》きな荷物《にもつ》は全部《ぜんぶ》まとめてくれ」

井狩監督《いかりかんとく》が声《こえ》をかけると、みんなは着替《きが》えなどを詰《つ》め込《こ》んだスーツケースを、いくつもの段《だん》ボールが重《かさ》ねられた場所《ばしょ》にまとめた。段《だん》ボールには全員分《ぜんいんぶん》のバットやヘルメット、ユニフォームなどが入《はい》っている。これらは座席《ざせき》には持《も》ち込《こ》めないので、貨物室《かもつしつ》にあずけることになっていた。

「さあ、ミー太郎《たろう》も……」

監督《かんとく》がキャリーに手《て》を伸《の》ばすと、中《なか》から「ミー！」というくぐもった声《こえ》が聞《き》こえた。

「いやがってますね」

「ごめんなミー太郎《たろう》。おまえはペット用《よう》の部屋《へや》に乗《の》らなきゃダメなんだよ」

監督《かんとく》がそう説明《せつめい》しても、ミーちゃんは納得《なっとく》しない。キャリーの壁《かべ》をドカドカと蹴《け》る音《おと》が聞《き》こえてくる。

「どうにかなりませんかねー？」

「どうにかって、おれに言《い》われてもな」

ユキは困《こま》った顔《かお》を向《む》けてみたけれど、監督《かんとく》に判断《はんだん》できる問題《もんだい》ではない。

「あ、そうだ！」

急《きゅう》に声《こえ》を上《あ》げたのは平野《ひらの》さんだ。

「すごいこと思《おも》いついちゃった！」

平野《ひらの》さんは右手《みぎて》の指《ゆび》をクイックイッと曲《ま》げて、みんなの顔《かお》を寄《よ》せる。ニャイアンツの選手《せんしゅ》たちは、マウンド上《じょう》で作戦会議《さくせんかいぎ》をするように、空港《くうこう》のロビーで輪《わ》になって話《はな》し合《あ》いを始《はじ》めた。

「……どう？　こうすれば、バレないと思《おも》わない？」

「いいっすねー」

「さすが頭脳派《ずのうは》キャッチャー！」

「いけるぞ！」

平野《ひらの》さんの提案《ていあん》に、ほかの選手《せんしゅ》たちが次々《つぎつぎ》と答《こた》えた。

「よし、じゃあ円陣組《えんじんく》むぞ」

選手《せんしゅ》たちは肩《かた》に腕《うで》を回《まわ》し合《あ》う。

「作戦開始《さくせんかいし》だ。行《い》くぜ！」

「オオー！」

円陣《えんじん》が解《と》けると、平野《ひらの》さんは大嶋《おおしま》さんの肩《かた》に触《ふ》れた。

「頼《たの》みますよ、大嶋《おおしま》さん！」

チーム一《いち》のホームランバッターである大嶋《おおしま》さんは、いつもみんなから頼《たよ》りにされている。試合以外《しあいいがい》のところでも同《おな》じように期待《きたい》されているのが、見《み》ていてわかった。

「う、うん……」

大嶋《おおしま》さんは返事《へんじ》をしたけれど、その顔《かお》はどう見《み》ても引《ひ》きつっている。

「この人《ひと》たち、大丈夫《だいじょうぶ》かなー」

と、ユキは不安《ふあん》でしかたなかった。

ミーちゃんに無茶《むちゃ》なことさせなければいいんだけど……。

しばらくすると、大嶋《おおしま》さんがトイレから戻《もど》ってきた。

その瞬間《しゅんかん》、ユキは「あちゃー」と顔《かお》をしかめた。

なんと大嶋《おおしま》さんは自分《じぶん》の頭《あたま》をワイシャツの中《なか》に隠《かく》し、その頭《あたま》の上《うえ》にミーちゃんをのせていた。

ワイシャツの首《くび》のところから顔《かお》を出《だ》したミーちゃんは、帽子《ぼうし》をかぶっている。

「これなら人間《にんげん》に見《み》えなくないよね」

平野《ひらの》さんは自信《じしん》たっぷりにそう言《い》った。いや、逆《ぎゃく》だな。自信《じしん》がないから、自分《じぶん》に言《い》い聞《き》かせるためにわざわざ言葉《ことば》にしたんだろうな。

「うん。大丈夫《だいじょうぶ》だね。うん」

平野《ひらの》さんは自分《じぶん》で自分《じぶん》に返事《へんじ》していた。

大嶋《おおしま》さんはミーちゃんを頭《あたま》にのせて変装《へんそう》したまま、搭乗手続《とうじょうてつづ》きをするための列《れつ》に並《なら》んだ。ところが、

「あのう、お客《きゃく》さま……」

思《おも》ったとおり、呼《よ》び止《と》められた。0・2秒《びょう》で呼《よ》び止《と》められた。大嶋《おおしま》さんの肩《かた》がギクッ

と上下《じょうげ》した。

バレている。完全《かんぜん》にバレている。

「やっぱりなあー」

声《こえ》を発《はっ》したのは、あろうことか、言《い》い出《だ》しっぺの平野《ひらの》さんだ。

「やっぱりなあって平野《ひらの》さん、自分《じぶん》でダメってわかってたのかよ！」

ユキだけでなくニャイアンツのメンバー全員《ぜんいん》が、はげしくツッコミを入《い》れた。

「なんだよみんなー、反対《はんたい》しなかったくせに……」

平野《ひらの》さんのさびしそうな声《こえ》を最後《さいご》に、『人間《にんげん》に見《み》える作戦《さくせん》』は失敗《しっぱい》に終《お》わった。


「もうしょうがないなー、だったらこういうのは？」

「ユキちゃん？」

「わたしにいいアイディアがあるの。名付《なづ》けて『ぬいぐるみ作戦《さくせん》』よ」

選手《せんしゅ》たちはユキの指示《しじ》どおり、一人一《ひとりひと》つずつぬいぐるみを買《か》って、手《て》に持《も》った。用具《ようぐ》係《がかり》の人《ひと》には、一応《いちおう》持《も》ってきていたミーちゃん用《よう》のユニフォームを段《だん》ボールから出《だ》してもらい、服《ふく》を身《み》につけるのをいやがるミーちゃんに、なんとか着《き》せた。

「こうやって、たくさんのぬいぐるみの中《なか》に紛《まぎ》れ込《こ》ませたら、ミーちゃんもぬいぐるみに見《み》えるでしょ？」

「うん、今度《こんど》は大丈夫《だいじょうぶ》だ」

「だれも生《い》きてる猫《ねこ》だとは思《おも》わないよ」

「さすがユキちゃん！」

「成功《せいこう》したら平野《ひらの》さんとレギュラー交代《こうたい》だね」

今度《こんど》こそミーちゃんを客室《きゃくしつ》に忍《しの》び込《こ》ませることができると、全員《ぜんいん》が信《しん》じた。

そうしてまた列《れつ》に並《なら》び直《なお》し、手荷物検査台《てにもつけんさだい》のところまで来《き》た。危険物《きけんぶつ》などを持《も》っていないかどうか、ここで全員《ぜんいん》の持《も》ち物《もの》がチェックされる。

「ミーちゃん、動《うご》かないでよ」

ユキはミーちゃんを腕《うで》に抱《かか》え、顔《かお》の前《まえ》で人差《ひとさ》し指《ゆび》を立《た》て「シーッ」のポーズをしながら、ささやいた。

いよいよユキに順番《じゅんばん》が回《まわ》ってきたそのとき、あろうことか、ミーちゃんが急《きゅう》にムズムズし始《はじ》めた。

「まずい！」とユキは直感《ちょっかん》した。

「お願《ねが》い、あとちょっとだからジッとしてて！」

ユキの祈《いの》りもむなしく、ぬいぐるみになりきっていたはずのミーちゃんが、がまんできずに動《うご》いてしまった。外《そと》で雨足《あまあし》が強《つよ》まったのだろうか、ヒゲのあたりがピリピリしたにちがいない。ミーちゃんはしきりに前足《まえあし》で口元《くちもと》をこすっている。

「ちょっ？　えっ？　お、お客《きゃく》さま？　これ、ぬいぐるみじゃないですね？」

検査場《けんさじょう》の係《かかり》のおじさんが、びっくりしながらユキに聞《き》いた。

「えーと、あの、動《うご》くんですよ！」

とっさに答《こた》えたユキは、うそはついていない。しかしメチャクチャ怪《あや》しい。ちっともピンチを切《き》り抜《ぬ》けてない。

「動《うご》くのはわかりました。でも、ぬいぐるみとはちがうような……」

「まあ、あの、ぬいぐるみというか……」

「調《しら》べさせていただきます」

係《かかり》のおじさんがミーちゃんの脇《わき》の下《した》をつかんで持《も》ち上《あ》げ、ジーッと目《め》をのぞき込《こ》んだ。

「あ……」

ユキが何《なに》か言《い》おうとするより先《さき》に、

「ニャアッ！」

「ぎゃあ！」

という2種類《しゅるい》の叫《さけ》び声《ごえ》が、とどろいた。

そしてやや遅《おく》れて「ごめんなさい」と謝《あやま》った
ユキの目《め》の前《まえ》で、おじさんは顔《かお》を押《お》さえている。

「ジーッと目《め》を見《み》られると、ミーちゃんはケンカの前《まえ》ぶれだとかんちがいして、怒《おこ》り出《だ》すことがあるんです」

「そんなこと聞《き》いてませんが、豆知識《まめちしき》ありがとうございます。つまり……ぬいぐるみではないですね」

「はい」と、ユキは力《ちから》なく返事《へんじ》をした。

絶対《ぜったい》に成功《せいこう》すると思《おも》われた『ぬいぐるみ作戦《さくせん》』も、雨《あめ》のせいで失敗《しっぱい》に終《お》わった。

「ごめんねー。しばらく離《はな》ればなれだけど、がまんしようね」

ユキは、ふてくされるミーちゃんにそう言《い》い聞《き》かせ、キャリーごと航空会社《こうくうがいしゃ》の人《ひと》にあずけ、ペット用《よう》の部屋《へや》に連《つ》れていってもらうことにした。

そうしてユキもニャイアンツのみんなも機内《きない》に乗《の》り込《こ》み、自分《じぶん》の席《せき》に座《すわ》ってシートベルトを締《し》めた。

体育館《たいいくかん》の扉《とびら》のように重《おも》たそうなドアが閉《し》まり、「まもなく離陸《りりく》します」というアナウンスの声《こえ》が機内《きない》に響《ひび》いた。

やがて飛行機《ひこうき》は、ミーちゃんの投《な》げる豪速球《ごうそっきゅう》よりも速《はや》いスピードで滑走路《かっそうろ》を走《はし》り、打《だ》球《きゅう》に飛《と》びつく外野手《がいやしゅ》のようにふわりと宙《ちゅう》に浮《う》かぶと、ぐんぐん高度《こうど》を上《あ》げて日本《にっぽん》を離《はな》れていった。

U《ユー》・S《エス》・A《エー》!
U《ユー》・S《エス》・A《エー》!

第《だい》5章《しょう》

飛行機《ひこうき》は木曜日《もくようび》の午後《ごご》4時《じ》40分《ぷん》に東京《とうきょう》を出発《しゅっぱつ》し、木曜日《もくようび》の午後《ごご》3時《じ》10分《ぷん》にニューヨークに到着《とうちゃく》した。

「けっこう長《なが》い時間乗《じかんの》ってたのに、降《お》りたら時間《じかん》が戻《もど》ってるなんて、不思議《ふしぎ》だよなあ」

空港《くうこう》の長《なが》い通路《つうろ》を歩《ある》きながら、英須《えいす》さんがユキにうれしそうに話《はな》しかける。

「わたしも思《おも》った！　今日《きょう》がもう一回《いっかい》あるんだよ！」

ユキたちを乗《の》せた飛行機《ひこうき》は、傾《かたむ》く太陽《たいよう》から遠《とお》ざかるように東《ひがし》へと進《すす》んだ。

機内《きない》で夜《よる》を迎《むか》え、しばらくして再《ふたた》び窓《まど》の外《そと》に朝日《あさひ》が昇《のぼ》ったとき、また今日《きょう》の朝日《あさひ》を迎《むか》えたんだとユキは気《き》づいた。

「飛行機《ひこうき》ってタイムマシンみたい！」

「結局《けっきょく》、何時間《なんじかん》ぐらい乗《の》ってたのかな」

「12時間《じかん》ちょっとですね」

「じゃあいま、東京《とうきょう》は……」

「出発《しゅっぱつ》した時間《じかん》に12時間《じかん》を足《た》すから……金曜日《きんようび》の朝《あさ》の5時《じ》ぐらい？」

「うーむ。そう聞《き》いたら急《きゅう》に眠《ねむ》くなってきた」

「わたしも」

「ユキちゃん、寝《ね》れなかったの？」

「ちょっとしか。飛行機《ひこうき》で寝《ね》たほうがついてからが楽《らく》だよって、お母《かあ》さんから聞《き》いてたんだけど」

「だよねー。おれも寝《ね》れなくて、映画《えいが》3本《ぼん》も見《み》ちゃったよ」

「わたしも映画《えいが》見《み》たりゲームやったり」

「ふわーあ」

英須《えいす》さんが大《おお》きなあくびをした。

「おれ、いまなら立《た》ったまま寝《ね》れそうだよ」

「わたしも。まぶたが『閉店《へいてん》ガラガラ』って、勝手《かって》に下《お》りてくる」

ユキにもあくびが伝染《うつ》った。

「ふわーあ」

目《め》をこすりながら、あずけた荷物《にもつ》を受《う》け取《と》る場所《ばしょ》へ行《い》くと、航空会社《こうくうがいしゃ》の人《ひと》がキャリーを大事《だいじ》そうに両手《りょうて》で持《も》って歩《ある》いてきた。

「ミーちゃん！」

ユキはかけ寄《よ》って、キャリーを渡《わた》してもらうと同時《どうじ》に、中《なか》をのぞき込《こ》んだ。するとミーちゃんは「ぷはー」と大《おお》きく息《いき》を吐《は》きながら、キャリーの扉《とびら》を開《あ》け、床《ゆか》に下《お》りた。

「ずっと狭《せま》いところにいたから、ミーちゃんも疲《つか》れたのかな」

ユキがいたわると、ミーちゃんは顔《かお》をぶるぶるっと横《よこ》に振《ふ》り、それから前足《まえあし》を遠《とお》くへ突《つ》き出《だ》すようにして、こわばった体《からだ》をほぐした。

「ミー！」

返事《へんじ》は「これでもう大丈夫《だいじょうぶ》」の意味《いみ》だ。

ひと安心《あんしん》である。


みんながあずけたスーツケースは、大《おお》きな回転台《かいてんだい》にのせられていた。乗客《じょうきゃく》たちは回転《かいてん》台《だい》を囲《かこ》むようにして待《ま》ち、自分《じぶん》の前《まえ》に荷物《にもつ》が来《き》たらすばやく台《だい》から下《お》ろす。

「なんか、でっかい回転寿司《かいてんずし》みたいだね」

「大嶋《おおしま》さーん、また食《く》い物《もの》のこと考《かんが》えてたんですか？」

選手《せんしゅ》たちの少《すこ》しばかり浮《う》かれた会話《かいわ》が、ユキの耳《みみ》に届《とど》く。

大嶋《おおしま》さんは、黄色《きいろ》いスーツケースが横切《よこぎ》れば「たまご」、赤《あか》いのが通《とお》れば「マグロ」と、荷物《にもつ》をお寿司《すし》にたとえて、笑《わら》いを取《と》る。

「なーんか、大嶋《おおしま》さんのせいでお寿司《すし》食《た》べたくなってきちゃったじゃないですか」

だれかがそう言《い》うと、

「今日《きょう》これからお寿司《すし》食《た》べに行《い》きませんか？」と、ほかのだれかが言《い》った。

「えー、やだよ」とユキは思《おも》った。

ユキの家《いえ》はお寿司屋《すしや》さんなので、新鮮《しんせん》でおいしいお寿司《すし》なら家《いえ》でいつでも食《た》べられる。

それに、おじいちゃんとお父《とう》さんの握《にぎ》ったもの以上《いじょう》においしいお寿司《すし》なんて、世界中《せかいじゅう》のどこにもない！

「せっかくアメリカに来《き》たんだから、友《とも》だちに自慢《じまん》できそうな、リア充《じゅう》っぽいものを食《た》べたいな」

そう思《おも》ったユキの頭《あたま》の中《なか》にも、突然《とつぜん》、回転台《かいてんだい》が現《あらわ》れた。

台《だい》の上《うえ》を、天空《てんくう》の城《しろ》のように高《たか》くつまれたパンケーキとホイップクリーム、野球《やきゅう》のベースのようにぶ厚《あつ》いステーキと山盛《やまも》りのポテト、もはや武器《ぶき》と呼《よ》んで差《さ》し支《つか》えないレベルのロブスターと熱々《あつあつ》のクラムチャウダーなど、写真《しゃしん》でしか見《み》たことのないようなリア充《じゅう》フードがぐるぐると流《なが》れてきた。

「ユキちゃん、ちょっとユキちゃん！」

大嶋《おおしま》さんに肩《かた》を叩《たた》かれ、ユキは我《われ》に返《かえ》った。立《た》ったまま夢《ゆめ》を見《み》ていたようだ。

「ニャー、ニャー」

ミーちゃんもユキの口元《くちもと》を指差《ゆびさ》して何《なに》か言《い》っている。

ユキはあわててハンカチで口元《くちもと》をぬぐう。ごちそうの夢《ゆめ》を見《み》て、よだれをたらしていたなんて、恥《は》ずかしい。

空港《くうこう》を後《あと》にしたニャイアンツのメンバーは、貸切《かしきり》バスに乗《の》り込《こ》んだ。

海沿《うみぞ》いの空港《くうこう》から高速道路《こうそくどうろ》を北《きた》へ進《すす》み、途中《とちゅう》で西《にし》に折《お》れる。流《なが》れる車《くるま》のテールランプが、道路《どうろ》に沿《そ》ってずっと遠《とお》くまで2列《れつ》に並《なら》んで動《うご》いている。

やがて地面《じめん》すれすれに沈《しず》む夕日《ゆうひ》が、ニューヨークの中心《ちゅうしん》、マンハッタンの高層《こうそう》ビルを照《て》らし出《だ》す。

そこでバスは長《なが》いトンネルに入《はい》った。一度《いちど》きれいな景色《けしき》とはお別《わか》れだ。

再《ふたた》びバスが地上《ちじょう》に顔《かお》を出《だ》すと、ユキたちはピカピカなビルの世界《せかい》にたどりついた。

バスがトンネルに入《はい》っている間《あいだ》、神様《かみさま》がグレーのカーテンを引《ひ》いたみたいに、空《そら》はいつの間《ま》にか薄暗《うすぐら》くなっていた。

信号一《しんごうひと》つぶんほど進《すす》むたびに、空《そら》はさらに少《すこ》しずつトーンを下《さ》げ、入《い》れ替《か》わるように街《まち》の中《なか》は徐々《じょじょ》にライトアップされていく。小《ちい》さな動物《どうぶつ》たちが慎重《しんちょう》に巣穴《すあな》から顔《かお》を出《だ》すように、街《まち》の光《ひかり》が一《ひと》つ、また一《ひと》つと増《ふ》えていった。

ユキは、その光景《こうけい》を眺《なが》めながら、小声《こごえ》でささやいた。

「ほら見《み》てミーちゃん、わたしたち、映画《えいが》のセットの中《なか》にいるみたいよ」

ミーちゃんはユキのひざの上《うえ》に立《た》ち、前足《まえあし》を窓《まど》の枠《わく》にのせて、通《とお》りを見《み》る。その白《しろ》い顔《かお》に、街《まち》の明《あ》かりが反射《はんしゃ》して輝《かがや》いていた。

バスは、マンハッタンのど真《ま》ん中《なか》にある高級《こうきゅう》ホテルで停《と》まった。

これからここで歓迎《かんげい》パーティーが開《ひら》かれる。

バスを降《お》りたニャイアンツ一行《いっこう》は、ぞろぞろとホテルの中《なか》に入《はい》っていく。

大《おお》きなホールのドアが開《ひら》くと同時《どうじ》に、ユキは「きゃあ」と小声《こごえ》で叫《さけ》び、顔面《がんめん》スレスレのボールをよける打者《だしゃ》のように顔《かお》をのけぞらせた。

目《め》に飛《と》び込《こ》んできたのは〝横殴《よこなぐ》りの光《ひかり》〟だった。カメラのフラッシュや、テレビカメラ用《よう》の照明《しょうめい》が、何十台《なんじゅうだい》もユキたちの顔《かお》に向《む》けられている。

「何《なに》？　何《なに》？」

ブレザーの襟《えり》に埋《う》もれるほど首《くび》をすくめたまま、ユキがそろーっと正面《しょうめん》を向《む》き直《なお》すと、光《ひかり》の中《なか》から人《ひと》のシルエットが浮《う》かび上《あ》がった。

目《め》の前《まえ》に姿《すがた》を見《み》せたのは、ピンクのワンピースを着《き》た二人《ふたり》の女性《じょせい》だった。

彼女《かのじょ》たちは花束《はなたば》と金色《きんいろ》のバットを携《たずさ》えている。まるで泉《いずみ》から妖精《ようせい》が現《あらわ》れ、「あなたが落《お》としたのは、この金《きん》のバットですか？」と聞《き》いているみたいだ。

井狩監督《いかりかんとく》はあわててネクタイの形《かたち》を整《ととの》え直《なお》し、花束《はなたば》とバットを受《う》け取《と》り、記念撮影《きねんさつえい》に応《こた》えた。

「なんかすげえ出迎《でむか》えだな」

監督《かんとく》が目《め》をパチクリさせながら驚《おどろ》いている。

「やばい、マジでかわいい」

「モデルさんかな？」

ニャイアンツの選手《せんしゅ》たちは、まだ妖精《ようせい》たちの美《うつく》しさに見《み》とれていた。

「たしかにきれいだけどさー」

ユキはなぜかヘソを曲《ま》げた。

「どうしたのユキちゃん？」

「だってあの笑顔《えがお》、不自然《ふしぜん》じゃない？　二人《ふたり》とも唇《くちびる》の端《はし》を同《おな》じ角度《かくど》に上《あ》げちゃってさ。なんかお手本《てほん》を見《み》せられて『同《おな》じように笑《わら》いなさい』って言《い》われて練習《れんしゅう》した顔《かお》だよ、あれは」

「えー、だから？」

ちょっと、男子《だんし》にぶいわよー。わたしはあんなの本物《ほんもの》じゃないって言《い》ってんの。あれは量産型《りょうさんがた》の笑顔《えがお》。作《つく》り物《もの》っぽくて、なんか気持《きも》ち悪《わる》いよ。なのに、どうしてそんなにデレデレしちゃうの？

「あぁー、ごめん。ユキちゃんだってかわいいよ」

井狩監督《いかりかんとく》がニターッと目尻《めじり》を下《さ》げて、ユキをのぞき込《こ》んだ。

「ちが……」

「大丈夫《だいじょうぶ》だよ。ユキちゃんだってもっと大人《おとな》になれば、男《おとこ》たちが振《ふ》り返《かえ》るような美人《びじん》になるから」

はあー？　監督《かんとく》、変《へん》なこと言《い》わないでよ！

ユキは監督《かんとく》に蹴《け》りをお見舞《みま》いしようと思《おも》ったけれど、そうする代《か》わりに、口《くち》の前《まえ》で人《ひと》差《さ》し指《ゆび》を立《た》てた。

「ダメです監督《かんとく》！　それセクハラだから。アメリカはそういうの容赦《ようしゃ》ないよ！」

ユキが早口《はやくち》で忠告《ちゅうこく》すると、監督《かんとく》の顔《かお》は急速冷凍《きゅうそくれいとう》されたようにカチンコチンに固《かた》まった。叩《たた》けばパリンと音《おと》を立《た》てて粉々《こなごな》になるにちがいない。

「脅《おど》かすなよ」

「炎上《えんじょう》して真《ま》っ黒《くろ》こげになるよりマシでしょ」

青《あお》ざめた井狩監督《いかりかんとく》のそばに、金髪《きんぱつ》の老人《ろうじん》が巨体《きょたい》をゆらしながら近《ちか》づいてきた。

あのメッセージ動画《どうが》で見《み》た大統領《だいとうりょう》、じゃなかった、サッターバーグ会長《かいちょう》だ。実際《じっさい》に会《あ》ってみると、画面《がめん》で見《み》たイメージよりもずっと大《おお》きい。身長《しんちょう》は190センチぐらいあるだろう。

彼《かれ》が英語《えいご》で何《なに》かを話《はな》すと、となりに立《た》つ黒人《こくじん》の青年《せいねん》が、きれいな日本語《にほんご》に訳《やく》して井狩《いかり》監督《かんとく》に話《はな》しかけた。

「ようこそ、ニャイアンツのみなさん！」

サッターバーグ会長《かいちょう》の部下《ぶか》であるその青年《せいねん》は、プリンスと名乗《なの》った。日本語《にほんご》に訳《やく》せば「王子《おうじ》さま」という名前《なまえ》は、本名《ほんみょう》だという。

デニムのシャツにネクタイを締《し》め、カーディガンを羽織《はお》ったプリンスは、そのシャツの下《した》にがっしりとした筋肉《きんにく》をまとっている。手足《てあし》はとても長《なが》く、小《ちい》さな顔《かお》と太《ふと》い首《くび》のバランスも普通《ふつう》の人《ひと》とは明《あき》らかにちがう。

いかにもスポーツマンというスタイルだが、プリンスはそれだけではない神秘性《しんぴせい》を瞳《ひとみ》にたたえていた。

「これから4日間《かかん》、みなさんといっしょに行動《こうどう》しますので、よろしく！」

そうあいさつする彼《かれ》と、ユキの目《め》が合《あ》った。

ユキはその目《め》に吸《す》い寄《よ》せられ、思《おも》わず息《いき》を呑《の》んだ。彼《かれ》の瞳《ひとみ》は、右《みぎ》と左《ひだり》で色《いろ》がちがっていたのだ。右《みぎ》が茶色《ちゃいろ》で、左《ひだり》が青《あお》。名前《なまえ》も、体型《たいけい》も、そして瞳《ひとみ》の色《いろ》も現実離《げんじつばな》れしている。まるでアニメやゲームのキャラクターみたいだ。

やばい、プリンスかっこいい。まさしくわたしの王子《おうじ》さま！　こんな人《ひと》と仲《なか》よくなれたら、わたし本当《ほんとう》にリア充《じゅう》じゃん！

「ストラーイク！」

ユキは心《こころ》の中《なか》でそう言《い》うつもりだったが、思《おも》わず口《くち》に出《だ》していた。

プリンスがユキにむかってうれしそうにほほえんだ。その瞬間《しゅんかん》、ユキの胸《むね》は「ドキン」という音《おと》をたてて熱《あつ》くなっていった。

「お会《あ》いするのを楽《たの》しみに待《ま》っていましたよ」

そんなユキの様子《ようす》には気《き》づかないサッターバーグ会長《かいちょう》が、話《はなし》を続《つづ》ける。

「さっそく記者会見《きしゃかいけん》を始《はじ》めましょう。メディアもたくさん集《あつ》めておきましたので」

ホールの奥《おく》にはテーブルとマイクが準備《じゅんび》されている。あそこが記者会見場《きしゃかいけんじょう》のようだ。

「チームを代表《だいひょう》して、イカリ監督《かんとく》と、ミスター・ミー太郎《たろう》に話《はな》してもらいたいのだが」

「わかりました」

井狩監督《いかりかんとく》と、ミーちゃんを抱《だ》いたユキが会見場《かいけんじょう》のほうへ歩《ある》き出《だ》した。

ところが、

「ヘーイ、ストップストップ！」

サッターバーグ会長《かいちょう》は何《なに》かに驚《おどろ》いている。

「イカリ監督《かんとく》は……、あなたですね？」

「イエース」と監督《かんとく》が返事《へんじ》する。

「ということは……え？」

会長《かいちょう》は今度《こんど》、ユキに手《て》のひらを向《む》けた。

「え？」

「え？」

会長《かいちょう》がなぜかしどろもどろになっている。ユキにはその意味《いみ》がさっぱりわからない。

「これは驚《おどろ》いた！　日本一《にっぽんいち》の人気選手《にんきせんしゅ》だというミー太郎《たろう》は、女子《じょし》だったんですか!!」

「なんでわたし？　ちがいますよー」

ユキが笑《わら》って答《こた》える。井狩監督《いかりかんとく》や選手《せんしゅ》たちも、顔《かお》の前《まえ》で手《て》を振《ふ》って「ない、ない」のポーズをしている。

するとサッターバーグ会長《かいちょう》は、細《ほそ》い目《め》をせいいっぱい見開《みひら》いた。

おそるおそるといった感《かん》じで、手《て》のひらをユキの顔《かお》から腕《うで》のほうに移《うつ》す。

「まさか、こっち!?　ミー太郎《たろう》って、猫《ねこ》なのか!?」

「ニャッ！」

返事《へんじ》をしたミーちゃんは、ユキの腕《うで》からするりと体《からだ》を抜《ぬ》いて走《はし》り出《だ》し、会見場《かいけんじょう》のテーブルの上《うえ》にピョンと飛《と》び移《うつ》った。

会場《かいじょう》を埋《う》め尽《つ》くす報道陣《ほうどうじん》やゲスト、それにホテルのスタッフまでが、何事《なにごと》かと目《め》を丸《まる》

くして一点《いってん》を見《み》つめている。

みんなの視線《しせん》が集《あつ》まったことを確認《かくにん》したミーちゃんは、「コホン」と一《ひと》つ咳払《せきばら》いしてから、力《ちから》を込《こ》めてピッチングの動作《どうさ》を披露《ひろう》した。

「おおーっ」という歓声《かんせい》がホールいっぱいに響《ひび》いたかと思《おも》うと、サッターバーグ会長《かいちょう》は、ぶったまげて腰《こし》を抜《ぬ》かしていた。

「オーマイガーッ」

会長《かいちょう》がつぶやいた英語《えいご》は、ユキにもはっきり聞《き》き取《と》ることができた。

第《だい》6章《しょう》

夢《ゆめ》の舞台《ぶたい》

「やっと着《つ》いたー。ミーちゃん、疲《つか》れたね。さあ、わたしたちの部屋《へや》だよー」

時差《じさ》ぼけ混《ま》じりの妙《みょう》なハイテンションで過《す》ごしたパーティーが終《お》わると、ユキはロビーで2222号室《ごうしつ》のカードキーを手渡《てわた》された。

そして、部屋《へや》のドアを開《あ》けるなり、ユキは小躍《こおど》りしながらミーちゃんを手招《てまね》きした。

「すごーい、来《き》て、来《き》て！」

部屋《へや》はキャッチボールができるほど広《ひろ》く、カーペットは球場《きゅうじょう》の芝生《しばふ》のようにふかふかだった。

「ほら見《み》て、このお部屋《へや》、空《そら》に浮《う》かんでるみたいだよー」

奥《おく》の壁《かべ》は床《ゆか》から天井《てんじょう》まで全面《ぜんめん》ガラス窓《まど》で、マンハッタンの夜景《やけい》が一望《いちぼう》できた。

高《たか》いところが大好《だいす》きなミーちゃんが、スタスタと奥《おく》へと走《はし》り出《だ》す。

そして前足《まえあし》を上《うえ》に伸《の》ばすと、全身《ぜんしん》をペタンとガラスにつけ、「ニャニャニャニャン」と歌《うた》いながら外《そと》を眺《なが》めていた。

「わー、ベッドも大《おお》きーい！」

キリンのカップルが抱《だ》き合《あ》って眠《ねむ》れそうなほど広《ひろ》いベッドに体《からだ》を投《な》げ出《だ》し、ユキは

「これ、縦《たて》にも横《よこ》にも寝《ね》れるよ」

と、ゴロゴロ転《ころ》がりながらはしゃいでいた。

「二人《ふたり》でお泊《と》まりなんて、初《はじ》めてだね」

ユキはそう言《い》いながら、家《いえ》を出《で》てから丸一日《まるいちにち》履《は》きっぱなしだった靴《くつ》と靴下《くつした》を脱《ぬ》ぎ、むくんだ足《あし》の指《ゆび》をグーパーグーパーさせてくつろいだ。そしてカーペットの上《うえ》を素足《すあし》で歩《ある》き、スーツケースを開《あ》けて荷物《にもつ》を整理《せいり》し始《はじ》めた。

ユキはミーちゃんお気《き》に入《い》りの毛布《もうふ》をベッドに広《ひろ》げ、家《いえ》から持《も》ってきた猫用《ねこよう》のトイレを机《つくえ》の下《した》にセットした。

スーツケースに隙間《すきま》ができると、ミーちゃんはその狭《せま》い隙間《すきま》にもぐり込《こ》み、組《く》んだ前《まえ》足《あし》の上《うえ》にちょんとあごをのせて丸《まる》まっていた。こんなに広《ひろ》くて豪華《ごうか》なホテルなのに、ミーちゃんはやっぱり狭《せま》いところが好《す》きみたいだ。

ユキは今日《きょう》撮《と》った写真《しゃしん》をSNS《エスエヌエス》にアップしようと思《おも》ったけれど、いまからそれをするには眠《ねむ》すぎる。スマホを充電器《じゅうでんき》にセットすると、そのまま、ふかふかの枕《まくら》に頭《あたま》を埋《うず》めた。

「ミーちゃん、ちゃんとベッドで寝《ね》なよ」

そう言《い》ったのを最後《さいご》に、ユキは着替《きが》えもせずに眠《ねむ》ってしまった。

ユキは夢《ゆめ》を見《み》た。

白馬《はくば》にまたがったプリンスが、「ユキ、こっちへおいで」と大《おお》きな手《て》を広《ひろ》げている。

「ユキはぼくの奥《おく》さんになるんだ。今日《きょう》からぼくのお城《しろ》で暮《く》らすんだよ」

プリンスが左目《ひだりめ》を閉《と》じてウインクすると、目尻《めじり》から青《あお》い魔法《まほう》の粉《こな》がふり注《そそ》がれ、白馬《はくば》は回転台《かいてんだい》にのった巨大《きょだい》なサーモンのお寿司《すし》に変《か》わった。彼《かれ》のとなりには、海苔《のり》を体《からだ》に巻《ま》き頭《あたま》にイクラをのせて、軍艦巻《ぐんかんま》き状態《じょうたい》になったミーちゃんが座《すわ》っていた。

「ハーイ、ユキ！　お寿司《すし》のメリーゴーラウンドだよ！　こっちにおいで、楽《たの》しいよ！」

プリンスが笑顔《えがお》で誘《さそ》っている。

ユキはそんなプリンスに見《み》とれつつ、「設定《せってい》がおかしい、これは夢《ゆめ》だ」とすぐに気《き》づいた。

夢《ゆめ》ってバカだよなー、とユキはときどき思《おも》う。

いまもそう思《おも》いながら、ユキの意識《いしき》は再《ふたた》び遠《とお》のいていった。

＊＊＊

次《つぎ》の日《ひ》は、ニャイアンツのメンバー全員《ぜんいん》で観光《かんこう》にでかけた。

牙《きば》のように地面《じめん》から力強《ちからづよ》く生《は》えた高層《こうそう》ビル群《ぐん》を、透《す》きとおった朝《あさ》の光《ひかり》が照《て》らし、ビルの壁《かべ》には別《べつ》のビルの影《かげ》が張《は》りついている。このビルのてっぺんに登《のぼ》ったら、ひつじの背中《なか》みたいにモコモコした形《かたち》の雲《くも》に、手《て》が届《とど》きそうだ。

ホテルのすぐ近《ちか》くで青空市場《あおぞらいちば》が開《ひら》かれていて、オレンジ色《いろ》のカボチャや、赤《あか》や緑《みどり》のリンゴ、トマトやぶどうなどを売《う》るお店《みせ》が、日本《にっぽん》の秋祭《あきまつ》りの縁日《えんにち》のようにぎっしりと並《なら》んでいた。どの店《みせ》でもお客《きゃく》さんがほしいものを袋《ふくろ》に詰《つ》め、お店《みせ》の人《ひと》が秤《はかり》の上《うえ》にのせて値段《ねだん》を伝《つた》えている。

あるお店《みせ》には、手書《てが》きの看板《かんばん》がかかげられていた。簡単《かんたん》な単語《たんご》だったので、ユキはスラスラと読《よ》んでみた。

「ホット、アップル、サイダー」

「そうだよ」

プリンスがうなずく。

「サイダーといっても炭酸《たんさん》は入《はい》ってなくて、ただリンゴをしぼっただけの温《あたた》かいジュースなんだ。この季節《きせつ》のニューヨークの定番《ていばん》だね」

背《せ》の高《たか》いプリンスが身《み》をかがめるようにして顔《かお》を近《ちか》づけてきたので、ユキは思《おも》わず息《いき》を止《と》めた。心臓《しんぞう》がのどから飛《と》び出《だ》してしまいそうだ。

「こんなにドキドキしちゃうなんて、昨日《きのう》あんな夢《ゆめ》を見《み》たせいだ」

市場《いちば》は体《からだ》を押《お》し合《あ》うぐらいに混《こ》み合《あ》っていたので、うまく距離《きょり》を取《と》り直《なお》すことができない。

目《め》の前《まえ》わずか15センチに迫《せま》るプリンスの、唇《くちびる》のシワの形《かたち》まではっきり見《み》えた。

自分《じぶん》の耳《みみ》がカンカンに熱《あつ》くなっているのを感《かん》じながら、ユキは「プリンスにバレませんように」と念《ねん》じた。

ユキは目《め》をそらし、財布《さいふ》から1ドル札《さつ》を1枚出《まいだ》して、お店《みせ》の人《ひと》に渡《わた》した。

これを飲《の》んで、とりあえず落《お》ちつこう。

そう思《おも》って、甘《あま》い香《かお》りのするホットアップルサイダーを受《う》け取《と》った瞬間《しゅんかん》に、事件《じけん》は起《お》きた。

ミーちゃんが突然《とつぜん》、ユキの手《て》をすり抜《ぬ》け、逃《に》げるように走《はし》り出《だ》したのだ。

「ああっ、ミーちゃんどうしたの？」

人《ひと》ごみの中《なか》で、ミーちゃんの姿《すがた》はすぐに見《み》えなくなってしまった。

「大変《たいへん》！　迷子《まいご》になったらどうしよう！」

ユキはすぐに追《お》いかけようとしたけれど、全然《ぜんぜん》身動《みうご》きが取《と》れない。

走《はし》り出《だ》したのはプリンスだ。

足《あし》の裏《うら》と地面《じめん》とが反発《はんぱつ》し合《あ》い、全身《ぜんしん》が前《まえ》へ前《まえ》へと運《はこ》ばれていくような走《はし》り方《かた》。大《おお》きな体《からだ》に似合《にあ》わない軽《かろ》やかなフットワークで、彼《かれ》は点《てん》から点《てん》へワープするように、小刻《こきざ》みに方向《ほうこう》を変《か》えながら、ごったがえす人々《ひとびと》の間《あいだ》をすり抜《ぬ》けていく。

やがて、行《ゆ》く手《て》を塞《ふさ》ぐように建《た》つお店《みせ》が現《あらわ》れると、プリンスはグッと腰《こし》を落《お》として両《りょう》足《あし》で地面《じめん》を蹴《け》り、脇《わき》にある木《き》に飛《と》び移《うつ》ってお店《みせ》の向《む》こう側《がわ》に着地《ちゃくち》した。

まるで猫《ねこ》のような身《み》のこなしで、プリンスはあっという間《ま》にミーちゃんに追《お》いついた。

「ユキー、こっちだよ！」

声《こえ》のするほうへ、ユキは人《ひと》をよけながらちょっとずつ近《ちか》づいていった。

ミーちゃんが逃《に》げ込《こ》んだ先《さき》は、鮮《あざ》やかな緑色《みどりいろ》をしたキウイフルーツを売《う》るお店《みせ》だった。

お店《みせ》の看板《かんばん》には英語《えいご》で『キウイ・キャッツ』という文字《もじ》と、胴体《どうたい》がキウイフルーツになった猫《ねこ》のイラストが描《か》かれている。

店番《みせばん》をしていたのは3人《にん》の女《おんな》の人《ひと》だ。

顔《かお》つきがよく似《に》ているので、きっと姉妹《しまい》なんだろう。

長身《ちょうしん》でナイスバディ、ウェーブのかかった長《なが》い髪《かみ》が特徴《とくちょう》のセクシーな大人《おとな》が〝長女《ちょうじょ》〟、つやつやしたストレートの黒髪《くろかみ》は〝次女《じじょ》〟、そしてショートカットが幼《おさな》い印象《いんしょう》を与《あた》える女《おんな》の子《こ》は〝末《すえ》っ子《こ》〟。ユキはそう呼《よ》ぶことにした。

ミーちゃんは末《すえ》っ子《こ》の足《あし》に、自分《じぶん》の顔《かお》をスリスリして甘《あま》えている。

「あの、すみません。ミーちゃんが急《きゅう》に……」

ユキが日本語《にほんご》で謝《あやま》り、プリンスが通訳《つうやく》してくれた。

プリンスが話《はな》している間《あいだ》、ユキは頭《あたま》の中《なか》でちがうことを考《かんが》えていた。

KIWI CATS
FRESH
SWEET
KIWI
FRUIT

「こんなにたくさん人《ひと》がいる場所《ばしょ》で、どうしてあの子《こ》にだけなつくんだろう。知《し》らない人《ひと》にあんなに甘《あま》えるなんて、めずらしいな」

しかも、よく見《み》るとミーちゃんのしっぽはピーンと立《た》っている。うれしいときのサインだ。

「あーら、あなたがこの子《こ》の飼《か》い主《ぬし》なのね？」

長女《ちょうじょ》がユキに笑《わら》いかけた。なんか余裕《よゆう》っていうか、ちょっと上《うえ》から目線《めせん》で話《はな》しかけてきたのが、感《かん》じ悪《わる》い。

「はい」

すると今度《こんど》は次女《じじょ》が口《くち》を開《ひら》く。

「それを飲《の》むときは、シナモンに気《き》をつけてあげてね」

三姉妹《さんしまい》の視線《しせん》が、ユキの手元《てもと》に集《あつ》まる。

そうか！

ユキにもやっとミーちゃんが逃《に》げ出《だ》した理由《りゆう》がわかった。

自分《じぶん》が手《て》にしたホットアップルサイダーのカップ。そこから漂《ただよ》うのは、ちょっと刺激《しげき》的《てき》なシナモンの香《かお》り。猫《ねこ》はこれが苦手《にがて》なんだ。

「気《き》がつかなくてごめんね、ミーちゃん」

ユキはまだ一口《ひとくち》も飲《の》んでいなかったが、カップをプリンスに手渡《てわた》し、三姉妹《さんしまい》からミーちゃんを引《ひ》き渡《わた》してもらった。

でも、まだミーちゃんの目《め》は、パンケーキに垂《た》らしたメープルシロップみたいに、とろーんとしている。

ユキの心《こころ》はざわざわし始《はじ》めた。

「どうもご迷惑《めいわく》をおかけしました」

口《くち》ではそう言《い》いながら、心《こころ》の中《なか》では、ミーちゃんを一瞬《いっしゅん》でメロメロにした三姉妹《さんしまい》を不《ぶ》気味《きみ》に感《かん》じていた。

「この人《ひと》たち、ウチのミーちゃんにいったい何《なに》をしたの？」

ユキはミーちゃんを抱《だ》き、早足《はやあし》で立《た》ち去《さ》った。一刻《いっこく》も早《はや》く、ミーちゃんを三姉妹《さんしまい》から遠《とお》ざけたかったからだ。

市場《いちば》を出《で》てからは、バスに乗《の》って観光《かんこう》をつづけた。

六番街《ろくばんがい》の交差点《こうさてん》に、L《エル》、O《オー》、V《ブイ》、E《イー》の４文字《もじ》をブロックのように組《く》み上《あ》げただけのオブジェ（立体彫刻《りったいちょうこく》）があった。シンプルだけれど、世界各国《せかいかっこく》の旅行《りょこう》ガイドに必《かなら》ず載《の》っているほど有名《ゆうめい》だ。

ニャイアンツの選手《せんしゅ》たちは、携帯《けいたい》のカメラを渡《わた》しながらそれぞれ写真《しゃしん》を撮《と》り合《あ》った。

ユキが近寄《ちかよ》って眺《なが》めていると、足元《あしもと》からカリカリという音《おと》が聞《き》こえた。ミーちゃんがオブジェの壁《かべ》に爪《つめ》を立《た》て、引《ひ》っかいている。

「ん？　登《のぼ》りたいの？」

「ニャー！」

高《たか》いところが好《す》きなミーちゃんは、「ぼくはみんなとちがって、この上《うえ》がいいの！」とアピールしている。

「オーケイ！」

プリンスはミーちゃんを抱《だ》き上《あ》げ、「O《オー》」の穴《あな》にミーちゃんを座《すわ》らせた。

「プリンス、ミーちゃんの気持《きも》ちがわかるのね」

「ミーちゃんは賢《かしこ》い猫《ねこ》だね。何《なに》がしたいか自分《じぶん》でちゃんと伝《つた》えているよ」

プリンスっていい人《ひと》だな、とユキは思《おも》う。

ミーちゃんは穴《あな》から顔《かお》を出《だ》し、ごきげんにのどを鳴《な》らしている。

「ほら、早《はや》く撮《と》ってって言《い》ってるよ」

プリンスが促《うなが》す。

ユキがスマホを構《かま》えると、立《た》ち止《ど》まった観光客《かんこうきゃく》たちも、

「あんなとこに猫《ねこ》が！」

「かわいいなー」

といっせいにカメラを向《む》け、ミーちゃんの姿《すがた》を写真《しゃしん》に収《おさ》めた。


バスはさらにマンハッタンを南《みなみ》へ。

グラウンドゼロやウォール街《がい》など、ニュースや教科書《きょうかしょ》で見《み》たことのある場所《ばしょ》を、ユキたちは窓《まど》から眺《なが》めた。

やがて南《みなみ》の端《はし》につくと、バスを降《お》りて観光《かんこう》フェリーに乗《の》りこむ。

海《うみ》の向《む》こうには、人《ひと》の形《かたち》をした大《おお》きな銅像《どうぞう》が左《ひだり》を向《む》いてそびえている。

陸《りく》を離《はな》れたフェリーは、盗塁王《とうるいおう》が二塁《にるい》ベースを陥《おとしい》れるように、あっという間《ま》にビル街《がい》を引《ひ》き離《はな》し、銅像《どうぞう》にぐんぐんと近《ちか》づいていった。

だが、その像《ぞう》の顔《かお》はまだ見《み》えない。

「早《はや》く、早《はや》く」

いますぐ顔《かお》を正面《しょうめん》から見《み》たいと思《おも》っているのは、ユキだけではなかった。フェリーのデッキにはさまざまな国《くに》の言葉《ことば》が混《ま》ざり合《あ》い、すべての人《ひと》が同《おな》じ一点《いってん》を見《み》つめていた。

「じれったいなあ」

ユキがソワソワしながらつぶやいたとき、フェリーと並《なら》ぶように飛《と》んでいた二羽《にわ》のカモメが、ぐるっと右《みぎ》に旋回《せんかい》した。

それが合図《あいず》だったかのように、フェリーも右《みぎ》にコースを変《か》える。ついに銅像《どうぞう》の正面《しょうめん》に回《まわ》り込《こ》んだ。

乗客《じょうきゃく》たちはいっせいに歓声《かんせい》を上《あ》げ、斜《なな》め上《うえ》にカメラを向《む》けた。

「ミーちゃん見《み》てごらん、自由《じゆう》の女神《めがみ》だよ！」

ユキははしゃいで声《こえ》をかけたけれど、ミーちゃんは反応《はんのう》しなかった。足元《あしもと》で丸《まる》くなったまま知《し》らんぷりだ。

「あれ？　どうしたの？」

観光《かんこう》フェリーのデッキは、やたら風《かぜ》が強《つよ》い。毛《け》がごわごわになるから、いやなのだ。フェリーが港《みなと》に戻《もど》ってからも、ミーちゃんはしばらく毛《け》をなめつづけ、元《もと》どおりになったらやっと機嫌《きげん》がよくなった。いまは日《ひ》の当《あ》たるベンチで昼寝《ひるね》をしている。

そこへ、柔《やわ》らかい笑《え》みを浮《う》かべたプリンスがかけ寄《よ》ってきた。

「これ、そこでお兄《にい》さんからもらったんだ」

彼《かれ》の手《て》の中《なか》に、細長《ほそなが》い風船《ふうせん》でできた王冠《おうかん》があった。風船《ふうせん》で動物《どうぶつ》とか人形《にんぎょう》とかを作《つく》るパフォーマーの人《ひと》からもらったらしい。自由《じゆう》の女神《めがみ》が頭《あたま》につけているのと同《おな》じ、ギザギザの王冠《おうかん》だ。

「ヘーイ、ミーちゃん！」

プリンスはミーちゃんの頭《あたま》に、そーっと風船《ふうせん》の王冠《おうかん》をのせてみた。

「ニャッ？」

寝《ね》ぼけたような声《こえ》を出《だ》したミーちゃんは、立《た》ち上《あ》がって右手《みぎて》を突《つ》き上《あ》げ、伸《の》びをした。そのかっこうは、なんと自由《じゆう》の女神《めがみ》にそっくりだ。

「わ、わ、ちょっと、そのまま……」

ユキは、思《おも》わず口《くち》からもれた感動《かんどう》の声《こえ》を小《ちい》さな小《ちい》さなボリュームにしぼり、そろーっとした動《うご》きでスマホを取《と》り出《だ》した。そしてスマホを地面《じめん》に立《た》てるように低《ひく》く構《かま》えて、「自由《じゆう》の〝めがミー〟」を撮影《さつえい》した。

気《き》がつくと、ミーちゃんの周《まわ》りに、またまた人垣《ひとがき》ができていた。

「なんてかわいいのかしら！」

そう言《い》ってたくさんの人《ひと》がしゃがみ込《こ》んで、ユキと同《おな》じようにミーちゃんの姿《すがた》をカメラに収《おさ》めた。

その後《ご》、再《ふたた》びバスに乗《の》った一行《いっこう》は、辞書《じしょ》みたいな厚《あつ》さのサンドイッチを頬張《ほおば》りながら、もう一度《いちど》マンハッタンを北上《ほくじょう》した。

ほどなくして、目的地《もくてきち》の前《まえ》でバスを降《お》りた一行《いっこう》は、その入《い》り口《ぐち》の前《まえ》で立《た》ちつくしていた。

建物《たてもの》は5階建《かいだ》てぐらいの高《たか》さで、上品《じょうひん》なライムストーンの壁《かべ》に縦長《たてなが》の窓《まど》がいくつもくりぬかれている。

「ひえー、これはすごいや」

「まるで宮殿《きゅうでん》だね」

平野《ひらの》さんと大嶋《おおしま》さんは、斜《なな》め上《うえ》に向《む》けた顔《かお》を右《みぎ》へ左《ひだり》へゆっくり動《うご》かしながら、建物全体《たてものぜんたい》を眺《なが》めた。

ユキとミーちゃんも口《くち》をあんぐりとあけて見上《みあ》げている。五番街《ごばんがい》の超有名《ちょうゆうめい》ジュエリー店《てん》とか、家賃《やちん》が100万円以上《まんえんいじょう》するタワーマンションにも負《ま》けないセレブ感《かん》。

こんなにすごい建物《たてもの》が、まさか野球場《やきゅうじょう》だなんて！

「ここが、ニューヨークが世界《せかい》に誇《ほこ》る夢《ゆめ》の舞台《ぶたい》、ニャンキー・スタジアムです！」

だれかと電話《でんわ》で話《はな》していたプリンスがスマホをポケットに収《おさ》めると、こちらを向《む》き両手《りょうて》を広《ひろ》げながら、キメ顔《がお》で言《い》った。

でもプリンスの表情《ひょうじょう》なんて、ユキ以外《いがい》だれも気《き》にしていない。せっかくのキメ顔《がお》をスルーされたプリンスはちょっとがっかりしてたっぽいけれど、「わたしだけは気《き》づいたからね」とユキは内心《ないしん》、得意《とくい》になった。

「早《はや》く中《なか》に入《はい》ろうぜ！」

しびれを切《き》らしてそう叫《さけ》んだのは井狩監督《いかりかんとく》だ。監督《かんとく》は普段《ふだん》から気《き》が短《みじか》い人《ひと》だけれど、ことさら今日《きょう》は朝《あさ》からずっとソワソワしている。

ニャイアンツは、これからスタジアムで明日《あした》に備《そな》えて練習《れんしゅう》をする。井狩監督《いかりかんとく》は選手《せんしゅ》ではないので、もちろん明日《あした》の試合《しあい》には出《で》られない。だからきっと今日《きょう》の練習《れんしゅう》で、若《わか》いころにあこがれたメジナリーグのマウンドに立《た》ちたいと思《おも》っているのだろう。急《いそ》いでいるのはそのせいだ。

監督《かんとく》のイライラに気《き》づいたプリンスは、すばやくみんなを中《なか》へと案内《あんない》し、更衣室《こういしつ》の場所《ばしょ》を伝《つた》えた。監督以下全員《かんとくいかぜんいん》がダッシュで向《む》かっていく。彼《かれ》らに遅《おく》れまいと、ミーちゃんもその背中《せなか》を追《お》いかけた。

やっぱりみんな、早《はや》くここで野球《やきゅう》がやりたいんだ。

取《と》り残《のこ》されたプリンスとユキは、ゆっくり歩《ある》いていくことにした。

ニャンキー・スタジアムのゲートをくぐると、そこは5階《かい》まで吹《ふ》き抜《ぬ》けのホールになっていた。

縦長《たてなが》の窓《まど》を通《とお》り抜《ぬ》けた日差《ひざ》しが、床《ゆか》にきれいな光《ひかり》の模様《もよう》を描《えが》き出《だ》す。

その光《ひかり》が、巨大《きょだい》なピアノの鍵盤《けんばん》のように見《み》える。

ド、レ、ミ、ファ、ソ、ラ、シ、ド……。

ユキは頭《あたま》の中《なか》で音階《おんかい》を奏《かな》でながら、光《ひかり》の鍵盤《けんばん》をずっとずっと遠《とお》くまで目《め》で追《お》った。

ホールの壁《かべ》には、100年以上続《ねんいじょうつづ》くニャンキースの歴代《れきだい》スター選手《せんしゅ》たちが巨大《きょだい》なパネルとなって飾《かざ》られている。その下《した》には液晶《えきしょう》のスクリーンが備《そな》えつけられ、いろいろな映《えい》像《ぞう》を流《なが》していた。中《なか》には白黒《しろくろ》の映像《えいぞう》もあった。

「これ、なんの動画《どうが》なの？」

スクリーンの一《ひと》つを指差《ゆびさ》しながら、ユキはとなりを歩《ある》くプリンスに聞《き》いた。

「ニャンキースが演《えん》じてきた、時代《じだい》ごとの名勝負《めいしょうぶ》だよ。ニューヨークどころかアメリカ中《じゅう》の野球《やきゅう》ファンに語《かた》り継《つ》がれる、すごいシーンばかりだ」

「つまり、神試合《かみしあい》ってことね」

「カミシアイ？　それ知《し》ってる。むかーしむかし、あるところに……」

「それは紙芝居《かみしばい》。わたしが言《い》ったのは、神《かみ》がかった試合《しあい》ってこと」

「ニホンゴ、ムズカシイデスネ」

プリンスはわざと下手《へた》に聞《き》こえる日本語《にほんご》で、ふざけて言《い》った。

「てか、そんなことどうでもよくて、ここってすごいねー」

「どうすごいの？」

「うーん、なんかとにかく、品《ひん》がいい」

「ヒンガイイ？」

「えーと、わかんないかな。エレガント？　宝石《ほうせき》とか売《う》ってるお店《みせ》みたいな感《かん》じもするし、世界《せかい》に一《ひと》つしかない大切《たいせつ》なものばかりを集《あつ》めた美術館《びじゅつかん》や博物館《はくぶつかん》のような感《かん》じもするし……」

「ユキの言《い》いたいこと、わかるよ。ニャンキースは実《じつ》に1世紀《せいき》以上《いじょう》もの長《なが》い間《あいだ》、野球《やきゅう》を宝物《たからもの》のように大切《たいせつ》に扱《あつか》ってきたんだ」

「こんなの日本《にっぽん》にはないなー」

日本《にっぽん》の野球場《やきゅうじょう》やサッカー場《じょう》、陸上競技場《りくじょうきょうぎじょう》、体育館《たいいくかん》などは「運動《うんどう》するための施設《しせつ》」って感《かん》じで素《そ》っ気《け》なく作《つく》られているものが多《おお》く、ここみたいな優雅《ゆうが》さからは、ほど遠《とお》い。

「わたし思《おも》ったんだけど」

ユキは自分《じぶん》の考《かんが》えを率直《そっちょく》にプリンスに話《はな》してみた。話《はな》さずにいられなかった。

「さっきプリンスはさ、ニャンキースは野球《やきゅう》を宝物《たからもの》みたいに大切《たいせつ》にしてきたって言《い》ったけど、たぶんそれ以上《いじょう》だと思《おも》うの」

プリンスは目《め》を見開《みひら》き、興味深《きょうみぶか》そうに話《はなし》のつづきを待《ま》った。

「野球《やきゅう》だけじゃなくて、野球《やきゅう》が好《す》きな人《ひと》の気持《きも》ちとか思《おも》い出《で》も、宝物《たからもの》にしたんだよ。このスタジアムに来《き》た人《ひと》がさ、いつかそのことを思《おも》い出《だ》すじゃない？　一人《ひとり》ひとりがその思《おも》い出《で》の箱《はこ》を開《あ》けるとき、必《かなら》ず優雅《ゆうが》な気分《きぶん》になれるような工夫《くふう》を、ニャンキースはしてくれてるんだと思《おも》うの」

「ユキ、君《きみ》って人《ひと》は……」

プリンスが言葉《ことば》を詰《つ》まらせた。

「ユキがそこまで感《かん》じ取《と》ってくれたなんて、ぼくもうれしいよ」

「へへっ」

ユキは照《て》れ笑《わら》いしたけれど、あこがれのプリンスが一目置《いちもくお》いてくれたようで、内心《ないしん》ではとてもうれしかった。

プリンスは話《はなし》をつづけた。アメリカにはほかにもユニークで楽《たの》しいスタジアムがたくさんあるという。

「球場《きゅうじょう》の中《なか》にプールや小《ちい》さな遊園地《ゆうえんち》があったり、選手《せんしゅ》がホームランを打《う》つと客席《きゃくせき》の上《うえ》を機関車《きかんしゃ》が走《はし》るとか、映画《えいが》のセットのような火山《かざん》が噴火《ふんか》するとか、いろんな仕掛《しか》けがあったりするんだよ」

「おもしろーい。まるでテーマパークだね」

「そもそもスポーツっていうのは、体《からだ》を動《うご》かして楽《たの》しむ遊《あそ》びなんだ」

プリンスは語《かた》る。

「上手《うま》いか下手《へた》か、強《つよ》いか弱《よわ》いかなんていうのは二《に》の次《つぎ》。だからアメリカ人《じん》は、みんなと同《おな》じようにできなきゃ恥《は》ずかしいなんて思《おも》わないし、他人《たにん》よりツラい練習《れんしゅう》をしなくちゃダメなんて思《おも》わない」

「そうなんだ」

「ぼくたちはみんな小《ちい》さいころから、そうやってスポーツを楽《たの》しいものだと思《おも》っているから、試合《しあい》を見《み》に行《い》くことも楽《たの》しむし、すばらしいプレーをしようとチャレンジする選《せん》手《しゅ》たちを尊敬《そんけい》するんだよ」

そうか、スポーツは遊《あそ》びから始《はじ》まるんだ。

日本《にっぽん》だと、学校《がっこう》の体育《たいいく》とか部活《ぶかつ》って、心《こころ》と体《からだ》を鍛《きた》えるためのものみたいに思《おも》われてるから、みんなと同《おな》じことができないとダメだって思《おも》ったり、ツライ練習《れんしゅう》にがまんできなければそのスポーツをやっちゃいけないって思《おも》ったりする。

そもそも遊《あそ》び気分《きぶん》じゃ、部活《ぶかつ》なんて入《はい》りづらい。そして部活《ぶかつ》に入《はい》らなかったら、日本《にっぽん》の子《こ》どもがスポーツをやるチャンスなんてなかなかない。

やっぱりアメリカがうらやましいな。

ユキが歩《ある》きながらそんなことを考《かんが》えている間《あいだ》、プリンスは右手《みぎて》のこぶしを左《ひだり》の手《て》のひらにぶつける仕草《しぐさ》を繰《く》り返《かえ》していた。

「やっぱり、あなたも」

昨日《きのう》、ホテルで彼《かれ》の引《ひ》き締《し》まった体《からだ》つきを初《はじ》めて見《み》たときから、ユキはずっと思《おも》っていた。彼《かれ》はきっとスポーツが得意《とくい》で、もしかしたらプロを目指《めざ》していた人《ひと》なのかもしれないって。

「野球《やきゅう》、やってたんでしょ？」

「うん。大学《だいがく》まで四番《よばん》でピッチャーだった。でも……」

あ、まずい。わたし聞《き》いちゃいけないこと聞《き》いちゃったのかもしれない。

「ごめんなさい。話《はな》したくなかったら、いいの」

「いや、いいんだ。ドラフトの直前《ちょくぜん》に肩《かた》をけがしちゃってね。選手《せんしゅ》になるのはあきらめたよ。でもそこでぼくは……、電話《でんわ》」

あー、わたしのバカ。余計《よけい》なこと聞《き》いたから絶対傷《ぜったいきず》ついてるよ。ていうかその後《あと》、プリンスなんて言《い》った？　電話《でんわ》？

「ユキごめん、電話《でんわ》かかってきた。(以下《いか》、英語《えいご》で) はいプリンスです。あ、はいはい。ちょっと待《ま》ってください」

彼《かれ》は一度《いちど》、頬《ほほ》からスマホをはがし、「先《さき》にグラウンド行《い》ってて」と通路《つうろ》を指差《ゆびさ》すと、反対方向《はんたいほうこう》へ早足《はやあし》で歩《ある》いていった。

グラウンドの芝生《しばふ》は丁寧《ていねい》に刈《か》りそろえられていて、濃淡《のうたん》2色《しょく》の緑《みどり》の縞模様《しまもよう》がくっきりと浮《う》かび上《あ》がっていた。

その一部分《いちぶぶん》に客席《きゃくせき》の影《かげ》が落《お》ちている。

ユキが振《ふ》り返《かえ》ってみると、客席《きゃくせき》には大勢《おおぜい》の人《ひと》が集《あつ》まっていた。中《なか》には猫耳《ねこみみ》やしっぽのコスチュームを身《み》につけている人《ひと》や、猫《ねこ》じゃらしやネズミの人形《にんぎょう》、はたまた鰹節《かつおぶし》なんて持《も》った人《ひと》もいる。

「試合《しあい》は明日《あした》なのに、どうしてこんなに？」

「明日《あした》を待《ま》ちきれないお客《きゃく》さんがたくさん来《き》たから、急《きゅう》きょ練習《れんしゅう》を公開《こうかい》することになったんだ。みんなのお目当《めあ》ては、もちろんミーちゃんだよ」

プリンスが、スマホの画面《がめん》をユキにかざす。

昨日《きのう》の記者会見《きしゃかいけん》がテレビで放送《ほうそう》されると、その動画《どうが》はすぐにネットで拡散《かくさん》していた。ミーちゃんはたった一日《いちにち》でニューヨークの人気者《にんきもの》になっていたのだ。

「日本《にっぽん》の猫《ねこ》が野球《やきゅう》してる！」

「世界《せかい》で最《もっと》も小《ちい》さな、最《もっと》もかわいいピッチャーだ！」

「どんな球《たま》を投《な》げるんだろう？　豪速球《ごうそっきゅう》だったりして！」

そんなコメントがSNS《エスエヌエス》をにぎわせている。ついさっき自由《じゆう》の女神《めがみ》のかっこうをしたミーちゃんの写真《しゃしん》も「これ絶対《ぜったい》ミー太郎《たろう》だよね？」というコメントつきでアップされていた。

「昨日《きのう》はウチの会長《かいちょう》も、それからぼくも本当《ほんとう》に驚《おどろ》いたけど、それはニューヨークのみんなも同《おな》じだったってことさ」

プリンスが感心《かんしん》するように言《い》うのを、ユキは信《しん》じられない思《おも》いで聞《き》いた。

そしてもう一度《いちど》客席《きゃくせき》を見渡《みわた》し、グラウンドに向《む》き直《なお》ろうとしたそのとき、ユキは視界《しかい》の端《はし》に一瞬《いっしゅん》引《ひ》っかかりを感《かん》じた。

あわててもう一度目《いちどめ》を凝《こ》らすと、ユキの全身《ぜんしん》に、ぞわーっと鳥肌《とりはだ》が立《た》った。

「なんでいるのよ」

ユキが客席《きゃくせき》に見《み》たのは、あの三姉妹《さんしまい》だ。青空市場《あおぞらいちば》でフルーツを売《う》っていた、たしか『キウイ・キャッツ』。長女《ちょうじょ》は携帯電話《けいたいでんわ》を取《と》り出《だ》し、耳《みみ》に当《あ》ててほんの一言《ひとこと》しゃべると、またすぐバッグにしまった。向《む》こうはユキに気《き》づいていないようだ。

ユキの胸《むね》が再《ふたた》びざわつく。

「別《べつ》に気《き》にすることないか。気《き》にしなくていい、気《き》にしなくていい」

そう何度《なんど》もつぶやくのは、思《おも》いっきり気《き》にしている証拠《しょうこ》だ。

間《ま》もなく、ユニフォームに着替《きが》えたニャイアンツのメンバーたちが、ぞろぞろとグラウンドに出《で》てきた。

井狩監督《いかりかんとく》も手《て》にグローブをはめ、小学生《しょうがくせい》みたいにウキウキしながらコーチたちとキャッチボールをしていた。

みんなから少《すこ》し遅《おく》れて、ついにミーちゃんも姿《すがた》を現《あらわ》した。

その瞬間《しゅんかん》、客席《きゃくせき》から拍手《はくしゅ》が起《お》こり、いろんな種類《しゅるい》のシャッター音《おん》が鳴《な》り響《ひび》いた。

ミーちゃんはそんな観客《かんきゃく》たちのことをまったく気《き》にすることなく、自分《じぶん》のペースでふるまっていた。一塁《いちるい》ベースの上《うえ》でひなたぼっこしたり、折《お》れたバットで爪《つめ》を研《と》いだり、ヘルメットの中《なか》に丸《まる》まって寝《ね》ていたり……。

「ミー太郎《たろう》、練習《れんしゅう》しろ！」

井狩監督《いかりかんとく》はグチをこぼしたけれど、グラウンドでのミーちゃんはだいたいこんな感《かん》じ。

アメリカに来《き》ても、日本《にっぽん》にいるときとまったく変《か》わらなかった。

そのほほえましい光景《こうけい》を目《め》にした客席《きゃくせき》のあちこちから、ミーちゃんへの歓声《かんせい》が聞《き》こえてくる。

だれかが「ミャウミャウ（meow! meow!）」と猫《ねこ》の鳴《な》きまねをすると、周《まわ》りに広《ひろ》がり、あっという間《ま》に大合唱《だいがっしょう》になった。

「えー、それはちょっと」

ユキは心配《しんぱい》になる。ミーちゃんは野球《やきゅう》をしているときに猫扱《ねこあつか》いされると、機嫌《きげん》を悪《わる》くするからだ。

でも、ミーちゃんは怒《おこ》り出《だ》したり逃《に》げ出《だ》したりはせず、ただゆっくりと全身《ぜんしん》の毛《け》をなめつづけた。そうやって、イライラする気分《きぶん》をなんとか落《お》ち着《つ》かせようとしていた。

愛《あい》くるしいミーちゃんの仕草《しぐさ》と、その姿《すがた》にキュンとなる観客《かんきゃく》たち。それらのすべてをガラス張《ば》りのＶＩＰ《ビップ》席《せき》から眺《なが》めていた人物《じんぶつ》がいる。

サッターバーグ会長《かいちょう》だ。

彼《かれ》はミーちゃんの人気《にんき》を確信《かくしん》し、あるアイディアを思《おも》いついていた。

彼《かれ》は高級《こうきゅう》なスーツの胸《むね》ポケットからスマホを取《と》り出《だ》し、この日《ひ》何度《なんど》もかけつづけている番号《ばんごう》をリダイヤルした。

「作戦実行《さくせんじっこう》だ。しくじるなよ」

短《みじか》く伝《つた》えて電話《でんわ》を切《き》ると、ディスプレーに映《うつ》し出《だ》されていた、ある人物《じんぶつ》の顔写真《かおじゃしん》アイコンが点滅《てんめつ》して消《き》えた。

第《だい》7章《しょう》

ミー太郎《たろう》、大脱走《だいだっそう》！

あこがれのニャンキー・スタジアムでの練習《れんしゅう》を終《お》えたニャイアンツは、夕食前《ゆうしょくまえ》にホテルに戻《もど》ってきた。

ユキの手《て》には、球場《きゅうじょう》で配《くば》られた風船《ふうせん》が握《にぎ》られている。ミーちゃんと同《おな》じ真《ま》っ白《しろ》なその風船《ふうせん》は、ユキの頭上《ずじょう》でふわりと浮《う》いている。

「ミー！　ミー！」

ミーちゃんは宙《ちゅう》に浮《う》く風船《ふうせん》をとてもめずらしがり、背伸《せの》びしたり飛《と》びかかったりしている。

「はい、あげる」

紐《ひも》を口《くち》にくわえさせると、喜《よろこ》んで部屋《へや》の中《なか》を歩《ある》き回《まわ》った。歩《ある》いても歩《ある》いても、風船《ふうせん》はどこまでもついてくる。ミーちゃんはときどき立《た》ち止《ど》まって、不思議《ふしぎ》そうに風船《ふうせん》を見《み》つめていた。

そのようすを横目《よこめ》で見《み》ながら、ユキはミーちゃんのために特製《とくせい》カリカリめしを作《つく》ってあげると、出《で》かけるしたくを始《はじ》めた。

これから学校《がっこう》に提出《ていしゅつ》するレポートを書《か》くために、近《ちか》くのカフェに行《い》くつもりなのだ。

「宿題《しゅくだい》なら夜《よる》やればいいじゃない？」

「帰《かえ》りの飛行機《ひこうき》でいいじゃない？」

選手《せんしゅ》たちにはそう言《い》われたけれど、

「いまのうちにやっちゃいたいから」

とユキは説明《せつめい》した。でもそれは言《い》い訳《わけ》で、本当《ほんとう》はプリンスが手伝《てつだ》ってくれるというので会《あ》いに行《い》きたいだけなのだ。

部屋《へや》の電話《でんわ》が鳴《な》った。きっとプリンスだ。

「ついたよ。下《した》のロビーにいる」

プリンスからそう伝《つた》えられると、ユキはもう一度《いちど》鏡《かがみ》の前《まえ》に立《た》ち、髪型《かみがた》と服装《ふくそう》をチェックした。

「そんじゃあミーちゃん、しっかり食《た》べてよ。明日《あした》は大事《だいじ》な試合《しあい》だからね」

ユキはそう言《い》い残《のこ》して、早足《はやあし》で部屋《へや》を出《で》た。

ロビーに下《お》りていくと、だれかと電話《でんわ》で話《はな》しているプリンスがこっちに気《き》づいて手《て》を振《ふ》った。

「忙《いそが》しそうなのに、ごめんなさい」

それでもつきあってくれるプリンスに、ユキはますます好感《こうかん》を抱《いだ》いていた。

「あら？　プリンス、何《なに》かついてるよ」

プリンスの顔《かお》に何《なに》か黒《くろ》い粉《こな》のようなものがついている。

ユキが指摘《してき》すると、プリンスはあわててポケットからハンカチを出《だ》し、鼻《はな》の脇《わき》をゴシゴシとこすった。

「ああ、これ、なんでもない」

彼《かれ》はうろたえていたが、ユキは特《とく》に理由《りゆう》を聞《き》いたりはしなかった。

「じゃあ行《い》こうか。せっかくだから、レポートを書《か》く前《まえ》にいいところへ連《つ》れてってあげるよ」

夕暮《ゆうぐ》れどきのマンハッタンをプリンスと並《なら》んで歩《ある》くだけで、ユキは自分《じぶん》が生《う》まれながらのセレブか、あるいは映画《えいが》の主人公《しゅじんこう》にでもなったような錯覚《さっかく》に陥《おちい》った。名字《みょうじ》が「山《やま》田《だ》」であることも、すっかり忘《わす》れるぐらいだった。

夕日《ゆうひ》を浴《あ》びて輝《かがや》く高層《こうそう》ビルは、現実《げんじつ》の世界《せかい》にだれかが描《か》き足《た》した絵《え》のように浮《う》き上《あ》がって見《み》えた。

しばらく歩《ある》くと、プリンスはひときわ高《たか》いビルにユキを案内《あんない》し、エレベーターに乗《の》り込《こ》んだ。

日本《にっぽん》ではなかなかお目《め》にかかれない巨大《きょだい》なエレベーターは、たくさんの人《ひと》を詰《つ》め込《こ》んで、すごいスピードで上昇《じょうしょう》を始《はじ》めた。

体全体《からだぜんたい》にかかってくる重力《じゅうりょく》を感《かん》じて、ユキは無意識《むいしき》のうちに息《いき》を止《と》め、足《あし》を踏《ふ》ん張《ば》っていた。

階数《かいすう》の表示《ひょうじ》が「70」を指《さ》すと、扉《とびら》が開《ひら》いた。二人《ふたり》がたどりついた場所《ばしょ》は、マンハッタンを見下《みお》ろす展望台《てんぼうだい》だった。

ある一角《いっかく》に人《ひと》だかりができ、その正面《しょうめん》には、有名《ゆうめい》なエンパイアステートビルが堂々《どうどう》とそびえていた。

「すごい迫力《はくりょく》」

「でしょ」

眼下《がんか》に広《ひろ》がる街並《まちなみ》に、次々《つぎつぎ》と灯《あか》りがともり始《はじ》める。

ユキはこれまでにも、クリスマスのイルミネーションとか、テーマパークのパレードとか、電飾《でんしょく》を使《つか》ったきれいな景色《けしき》に見《み》とれたことはある。

でも今夜《こんや》の景色《けしき》は違《ちが》う。

ショーとして人《ひと》に見《み》せるために計算《けいさん》されたイルミネーションなどとちがって、この街《まち》の光《ひかり》はすべて人々《ひとびと》が生活《せいかつ》のためにともしている灯《あか》りだからだ。

そう気《き》づくと、ユキには光《ひかり》の一《ひと》つひとつが呼吸《こきゅう》しているようにも見《み》えてきた。光《ひかり》をともしている人《ひと》たち一人《ひとり》ひとりにとって、今日《きょう》という日《ひ》はどんな一日《いちにち》だったんだろう。楽《たの》しいことがあった人《ひと》もいれば、悲《かな》しい思《おも》いをした人《ひと》もいるんだろうな。そんなことまでイメージがふくらむ。

16歳《さい》のユキにとって、これまでの人生《じんせい》で最高《さいこう》にきれいな夜景《やけい》だった。

「こんなすてきなプレゼントをありがとう」

ユキはプリンスにそう伝《つた》えた。もし彼《かれ》にいまここで告白《こくはく》されたら、絶対《ぜったい》ＯＫ《オーケー》してしまいそうだ。

ユキはこの夜《よる》のことを、きっといつまでも覚《おぼ》えているだろうなと直感《ちょっかん》した。

ただ、この日《ひ》の思《おも》い出《で》の箱《はこ》を開《あ》けるとき、幸《しあわ》せな気分《きぶん》にひたるのか、それとも甘酸《あまず》っぱい気持《きも》ちを味《あじ》わうのか、それとも思《おも》い出《だ》したくもない黒歴史《くろれきし》となるのか、この時点《じてん》ではまだわかるはずもなかった。

「どう？　ニューヨークは気《き》に入《い》った？」

「うん。とっても」

「こっちに住《す》んじゃえば」

マジ？

予想外《よそうがい》の豪速球《ごうそっきゅう》に、ユキは腰《こし》を引《ひ》いた。

「あ、でもまだ高校生《こうこうせい》だし、家族《かぞく》と離《はな》れて暮《く》らすのは……」

それにわたし、あなたのことまだよく知《し》らないし。会《あ》ってたった二日《ふつか》で、そんな重大《じゅうだい》な決断《けつだん》できるわけないよ。

「高校《こうこう》ならニューヨークにもあるよ。それに生活《せいかつ》するためのお金《かね》なら、ミーちゃんがたっぷり稼《かせ》いでくれると思《おも》う」

ミーちゃんが？

「ねえユキ、明日《あした》の試合《しあい》が終《お》わったら……」

う、ちょっと待《ま》った。プリンス、本当《ほんとう》に本気《ほんき》なの？

「…………」

「…………」

ダメだ。何《なに》も言《い》えない。

プリンスもしゃべらない。

沈黙《ちんもく》が息苦《いきぐる》しい。高《たか》いビルに上《のぼ》ったから、そのぶん酸素《さんそ》も薄《うす》いのかもしれない。

先《さき》に口《くち》を開《ひら》いたのは、プリンスのほうだ。

「ユキにだけは言《い》うよ。明日《あした》の試合《しあい》が終《お》わったら、ウチの会長《かいちょう》はミーちゃんをニャンキースにスカウトするつもりだ」

「え？」

話《はなし》が予想外《よそうがい》の方向《ほうこう》に曲《ま》がっていく。プリンスは変化球《へんかきゅう》ピッチャーなの？

「こっちでのミーちゃん人気《にんき》は予想以上《よそういじょう》だ。ミーちゃんと契約《けいやく》できたら、ニャンキースはもっと強《つよ》くなれるし、もっと観客《かんきゃく》を集《あつ》めることができる。何《なに》よりアメリカ中《じゅう》の人《ひと》がもっともっと野球《やきゅう》を楽《たの》しむことができる。ウチの会長《かいちょう》が、こんなチャンスを逃《のが》すわけがない」

サッターバーグ会長《かいちょう》が、ミーちゃんをほしがっている？

「ミーちゃんはすでに超一流《ちょういちりゅう》だよ。野球《やきゅう》をプレーする姿《すがた》だけじゃなく、昼寝《ひるね》をしたり爪《つめ》を研《と》いだりするだけで、写真《しゃしん》や動画《どうが》がネットでどんどん拡散《かくさん》していく。会長《かいちょう》は『プロ野《や》球選手《きゅうせんしゅ》とキャラクターの二刀流《にとうりゅう》で商売《しょうばい》がはかどるぞ』なんて言《い》って、たった一日《いちにち》で猫専《ねこせん》用《よう》SNS《エスエヌエス》を作《つく》っちゃったよ」

プリンスがスマホの画面《がめん》をこちらに向《む》けると、そこには『ヒゲブック』というSNS《エスエヌエス》が起動《きどう》して、猫《ねこ》のかわいい動画《どうが》やおもしろ動画《どうが》がたくさんアップされていた。

「ちょっと何勝手《なにかって》なこと言《い》ってんの？　ミーちゃんの飼《か》い主《ぬし》はわたし！　そしてわたしの家《いえ》は東京《とうきょう》にあるの！　わたしもミーちゃんもニューヨークに引《ひ》っ越《こ》すなんて思《おも》ってないから！　わたしは東京《とうきょう》の山田《やまだ》だから！」

「いまは勝手《かって》な願《ねが》いだと思《おも》う。でも交渉《こうしょう》すれば、ミーちゃんとユキの気持《きも》ちが動《うご》くかもしれないじゃないか。それに移籍金《いせききん》だって相当《そうとう》な額《がく》になるよ」

「いやよ」

ユキはだまされた気分《きぶん》になった。少《すこ》しうっとりしていた自分《じぶん》がバカみたい。これまでのやさしい言葉《ことば》も、ミーちゃんを手《て》に入《い》れるための作戦《さくせん》だったんだ。何《なに》より、お金《かね》でつってくるやり方《かた》がすごくいやだ。

「プリンスひどくない？　人《ひと》の気《き》持《も》ちをなんだと思《おも》ってるの？」

「ユキは自分《じぶん》さえよければいいの？」

「あんたにそれ言《い》う資格《しかく》ある⁉」

「ぼくや会長《かいちょう》は、アメリカのみんなの気《き》持《も》ちを考《かんが》えて言《い》ってるんだよ。自分勝手《じぶんかって》なんかじゃない」

「じゃあ、日本《にっぽん》の野球《やきゅう》ファンはどうなるの？」

「それは、ほかにもスター選手《せんしゅ》がいるだろ？　それに、ミーちゃんがこっちに残《のこ》りたいって言《い》ったら？」

「言《い》わない」

「わかんないよ。なんたってウチの会長《かいちょう》が説得《せっとく》するんだ」

「それがどうしたって言《い》うの？」

「ユキはミナミコメツキガニの伝説《でんせつ》を知《し》らないだろ？」

「カニがどう関係《かんけい》あんのよ」

「カニって普通《ふつう》、横《よこ》に歩《ある》くだろ。でもミナミコメツキガニは前《まえ》に歩《ある》くんだ。なぜだと思《おも》う？　ウチの会長《かいちょう》が説得《せっとく》したからだよ！」

「そんなわけないでしょ！　こんなときにふざけないで」

「ウチの会長《かいちょう》は、どんなタフな交渉《こうしょう》でも必《かなら》ず成果《せいか》を出《だ》してみせる。だからアメリカではそんな伝説《でんせつ》まで生《う》まれたんだ。猫《ねこ》だってきっとその気《き》になるよ」

「ならないって！」

ユキは夜景《やけい》に背《せ》を向《む》け、つかつかとエレベーターの前《まえ》まで歩《ある》いていって▽ボタンを押《お》した。というか、思《おも》いっきりグーで叩《たた》いた。

中指《なかゆび》の付《つ》け根《ね》あたりがヒリヒリと痛《いた》む。

どうしてわたしが！

どうしてわたしが痛《いた》い思《おも》いをしなきゃいけないの！

ニューヨークについてからついさっきまで、ずっと楽《たの》しいことばかりだった。ミーちゃんも楽《たの》しそうだった。

でもわたしたちがニューヨークに招《まね》かれたのは、結局《けっきょく》ニャンキースのお金儲《かねもう》けに利用《りよう》されるためだったんだ。

ミーちゃんが、何《なに》か得体《えたい》の知《し》れない大《おお》きな力《ちから》によって、手《て》の届《とど》かないところに連《つ》れていかれてしまうような気《き》がした。

ユキは本気《ほんき》で腹《はら》を立《た》てた。この悔《くや》しい気持《きも》ちを、どこにぶつければいいのか、わからない。

プリンスがどこかで転《ころ》んだりして、わたしより痛《いた》い目《め》にあえばいいのに！

ユキはそんなひどいことを考《かんが》えてしまった。

にぎわうマンハッタンの街《まち》の光《ひかり》が、涙《なみだ》でにじむ。

急《いそ》いでホテルに戻《もど》りたい。

いますぐミーちゃんに会《あ》いたい。

そして「どこにも行《い》かないで」と言《い》って抱《だ》きしめたい。


「ただいま、ミーちゃん！　一人《ひとり》にしてごめんね！」

ユキは叫《さけ》んだけれど、部屋《へや》の中《なか》にミーちゃんの姿《すがた》は見当《みあ》たらなかった。

用意《ようい》しておいた特製《とくせい》カリカリめしは、ほとんど手《て》つかずのまま残《のこ》っていた。

たしかにこっちに来《き》てからミーちゃんの食欲《しょくよく》は落《お》ちていたけれど、それにしても全然《ぜんぜん》中身《なかみ》が減《へ》っていない。

プリンスが言《い》ったことが本当《ほんとう》なら、ミーちゃんはサツターバーグ会長《かいちょう》によって、もうどこかへ連《つ》れていかれてしまったのかも……。

ユキは不安《ふあん》になり、部屋《へや》のすみずみまでさがし回《まわ》った。クローゼットの上《うえ》、靴箱《くつばこ》の中《なか》、机《つくえ》の引《ひ》き出《だ》しの中《なか》、新聞《しんぶん》の下《した》。そんなとこにいるはずもないのに。

バスルームのドアはちゃんと閉《し》めてから外出《がいしゅつ》したけれど、念《ねん》のため中《なか》を調《しら》べてみた。お湯《ゆ》を張《は》っていない空《から》っぽのバスタブの中《なか》に落《お》ちたとしたら、猫《ねこ》はツルツルの壁《かべ》をよじ登《のぼ》れず、ずっとそこにいるはずだ。

「ミーちゃん、いるのかな？」

ユキはわざと明《あか》るく楽《たの》しそうに声《こえ》を出《だ》した。不安《ふあん》な気持《きも》ちを、自分《じぶん》で認《みと》めたくない。

だが、そこにもミーちゃんはいなかった。

あ、と何《なに》かを思《おも》い出《だ》し、ユキは視線《しせん》を上《あ》げた。

ミーちゃんはときどきバスルームの棚《たな》に登《のぼ》って、きれいにたたまれたタオルの横《よこ》にちょこんと丸《まる》まっていることがある。そんなとき、真《ま》っ白《しろ》な毛《け》のミーちゃんはタオルと同《どう》化《か》してしまい、気《き》づかないことが多《おお》い。

「ミーちゃん!?」

一瞬《いっしゅん》、そこにミーちゃんがいるように見《み》えてドキッとしたけれど、棚《たな》にはタオルが並《なら》んでいるだけだった。

「ちょっと何《なに》よ、紛《まぎ》らわしい！　どうなってんのこのホテルは！」

ユキは思《おも》わず悪態《あくたい》をついたけれど、タオル置《お》き場《ば》にタオルが並《なら》んでいるのは普通《ふつう》のことだ。ホテル側《がわ》が文句《もんく》を言《い》われる筋合《すじあ》いはない。

リビングに戻《もど》ると、つけっぱなしになっていたテレビの画面《がめん》に、一度《いちど》見《み》たら忘《わす》れないあのモップ頭《あたま》が映《うつ》っていた。

ユキは突《つ》っ立《た》ったまま、画面《がめん》から目《め》が離《はな》せなくなった。

サツターバーグ会長《かいちょう》のとなりに、ニャンキースのユニフォームを着《き》た奇妙《きみょう》な男《おとこ》が立《た》っているではないか。

袖《そで》から伸《の》びる長《なが》い腕《うで》には、ぎっしりと筋肉《きんにく》が詰《つ》まっている。小《ちい》さな頭《あたま》にのせられたヘルメットからは、極端《きょくたん》に大《おお》きな三角形《さんかくけい》の耳《みみ》が突《つ》き出《だ》している。ヘルメットのつばが影《かげ》になり、顔《かお》はよく見《み》えないが、どうやらペイントが施《ほどこ》されているようだ。鼻筋《はなすじ》に沿《そ》って縦《たて》に深《ふか》く、黒《くろ》い線《せん》が刻《きざ》まれている。

「これって、まさか……」

ユキは言葉《ことば》を失《うしな》った。

まるで猫《ねこ》だ。それも、野生味《やせいみ》あふれるサーバルキャットにそっくりだ。

テレビから流《なが》れる音声《おんせい》にじっと耳《みみ》を凝《こ》らしていると、ユキにも話《はなし》の筋《すじ》がなんとなく読《よ》めてきた。

ユキが見《み》ているこの映像《えいぞう》は、今日《きょう》の夕方《ゆうがた》に開《ひら》かれた記者会見《きしゃかいけん》のようすらしい。

猫男《ねこおとこ》の名《な》は、サーバリアン。ニャンキースは彼《かれ》を「猫《ねこ》バッター」として明日《あした》の試合《しあい》に出場《しゅつじょう》させるつもりだ。サツターバーグ会長《かいちょう》が舌《した》なめずりをしながら、得意《とくい》げにカメラの前《まえ》で語《かた》る姿《すがた》が、繰《く》り返《かえ》し映《うつ》し出《だ》されていた。

ユキの背筋《せすじ》にゾクッと寒気《さむけ》が走《はし》った。

いまのサツターバーグ会長《かいちょう》からは、ニャンキースが１００年《ねん》もの長《なが》い間《あいだ》受け継《つ》いできたはずの伝統《でんとう》と気品《きひん》がまったく感《かん》じられず、野蛮《やばん》で下品《げひん》な金《かね》の亡者《もうじゃ》にしか見《み》えない。

ミーちゃんが！　わたしのミーちゃんが危《あぶ》ない！

ユキがよろめいて、ぺたんと床《ゆか》に座《すわ》り込《こ》んだとき、ふとカーテンの上部《じょうぶ》がふくらんでいるのに気《き》がついた。

「ミーちゃん!!　よかった、そこにいたんだ」

ミーちゃんはカーテンレールによじ登《のぼ》って、カーテンの裏《うら》に隠《かく》れていただけなんだ。

ユキはほっと胸《むね》をなでおろし、カーテンをめくった。

ところが――。

隠《かく》れていたのはミーちゃんではなく、白《しろ》い風船《ふうせん》だった。部屋《へや》の壁《かべ》の高《たか》いところには、空気《くうき》を入《い》れ替《か》えるための小《ちい》さな窓《まど》があり、それが少《すこ》しだけ開《あ》いていた。もちろん人間《にんげん》は通《とお》り抜《ぬ》けられないぐらい小《ちい》さな窓《まど》だけれど、猫《ねこ》なら通《とお》れてしまうかもしれない。

まさか、ここから飛《と》び降《お》りた？　22階《かい》だよ⁉

「ミーちゃ――ん‼」

ユキが大声《おおごえ》で叫《さけ》ぶと、ドアが力《ちから》いっぱいノックされた。

「ユキちゃん開《あ》けて！　どうしたの？　何《なに》かあったの？」

となりの部屋《へや》にいた英須《えいす》さんが、かけつけてきてくれたようだ。

ユキがドアを開《あ》けて事情《じじょう》を話《はな》すと、英須《えいす》さんの顔色《かおいろ》はみるみる青《あお》ざめた。

英須《えいす》さんは急《いそ》いで井狩監督《いかりかんとく》に連絡《れんらく》し、「まさかとは思《おも》うけど」と言《い》いながら、大嶋《おおしま》さんと通《とお》りへと走《はし》り出《だ》した。

ニャイアンツのメンバー全員《ぜんいん》が、すぐにロビーに集《あつ》められ、緊急《きんきゅう》ミーティングが開《ひら》かれることになった。

ユキが出《で》ていった後《あと》も、部屋《へや》では、つけっぱなしのテレビが暗闇《くらやみ》の中《なか》でサツターバーグ会長《かいちょう》とサーバリアンの姿《すがた》を映《うつ》しつづけていた。

ヘルメットのつばをクイッと持《も》ち上《あ》げたサーバリアンがクローズアップされる。茶色《ちゃいろ》と青《あお》。左右《さゆう》で異《こと》なる色《いろ》をした瞳《ひとみ》が光《ひか》っていた。

第《だい》8章《しょう》

踊《おど》る!? ニューヨーク大《だい》捜《そう》査《さ》線《せん》

ユキはこれまでの経緯《けいい》を選手《せんしゅ》たちに説明《せつめい》した。

ユキが黙《だま》って外出《がいしゅつ》したことを責《せ》める者《もの》はだれ一人《ひとり》なく、みんながミーちゃんを心配《しんぱい》し、ユキの心《こころ》に寄《よ》り添《そ》ってくれた。

一方《いっぽう》、ミーティング前《まえ》に話《はなし》を聞《き》いて、外《そと》に出《で》て行《い》った英須《えいす》さんたちは、まだ戻《もど》ってこない。

もしミーちゃんが22階《かい》の窓《まど》から落《お》ちたとしたら……。

いや、そんなことは考《かんが》えたくない。ユキは頭《あたま》に浮《う》かびかけた最悪《さいあく》なシーンを追《お》い払《はら》うように首《くび》を振《ふ》った。

「どうすりゃいいんだ」

井狩監督《いかりかんとく》はフロントからもらってきたニューヨーク市内《しない》の地図《ちず》をテーブルに広《ひろ》げ、あごをさすりながら考《かんが》えていた。

すると、玄関《げんかん》から冷《つめ》たい風《かぜ》が入《はい》り込《こ》んできた。地図《ちず》が飛《と》ばないようにとユキが手《て》で押《お》さえると、今度《こんど》はカツンカツンと床《ゆか》を踏《ふ》みしめる革靴《かわぐつ》の音《おと》が聞《き》こえた。

英須《えいす》さん？　……は、スニーカーだったはず。

ユキが顔《かお》を上《あ》げる。

そこに英須《えいす》さんの姿《すがた》はなく、代《か》わりにスーツ姿《すがた》の男《おとこ》たちが、大股《おおまた》で歩《ある》いていた。男《おとこ》たちは、何事《なにごと》かとかけ寄《よ》ったホテルのスタッフを手《て》で制《せい》し、まっすぐこちらに近《ちか》づいてきた。

あまりの威圧感《いあつかん》に、ユキは思《おも》わず肩《かた》をすくめる。その男《おとこ》たちの集団《しゅうだん》の中《なか》に、例《れい》のモップ頭《あたま》があった。その横《よこ》には、申《もう》し訳《わけ》なさそうな顔《かお》をしたプリンスもいる。

サッターバーグ会長《かいちょう》は、もともと吊《つ》り上《あ》がった目《め》をさらに両端《りょうはし》から引《ひ》っ張《ぱ》り上《あ》げたように細《ほそ》くとがらせ、いきなりユキを怒鳴《どな》りつけた。

「ミー太郎《たろう》をどこへ隠《かく》した！」

プリンスの通訳《つうやく》の言葉《ことば》に、焦《あせ》りがにじむ。

「それはこっちのセリフよ！」

ユキはこぶしでテーブルを叩《たた》き、思《おも》い切《き》り強《つよ》い口調《くちょう》で言《い》い返《かえ》した。ミーちゃんのことを考《かんが》えたら、この男《おとこ》の前《まえ》でひるむわけにはいかない。

「ミーちゃんを連《つ》れ去《さ》ったのはあんたたちでしょ！　そっちの企《たくら》んでいることはプリン

スに聞《き》いたんだから！」

「プリンス！」

会長《かいちょう》ににらまれたプリンスは思《おも》わず目《め》をふせたが、次《つぎ》の瞬間《しゅんかん》、会長《かいちょう》のパンチが頰《ほほ》にめり込《こ》んだ。

ついさっき「プリンスが痛《いた》い目《め》にあえばいいのに」と念《ねん》じたとおりになったけれど、ユキは「ざまあみろ」とは思《おも》えず、かえって心《こころ》が痛《いた》くなった。

「勝手《かって》にペラペラしゃべるんじゃねえ！」

髪《かみ》を振《ふ》り乱《みだ》して、サッターバーグ会長《かいちょう》はガチギレしている。

勝手《かって》なことしてんのは、あんただよ！

ユキは目《め》の前《まえ》の大男《おおおとこ》を嫌悪《けんお》した。ミーちゃんを横取《よこど》りしようとして、それがバレたら今度《こんど》は部下《ぶか》に暴力《ぼうりょく》を振《ふ》るうなんて、人間《にんげん》として最低《さいてい》だ。

自分《じぶん》が将来《しょうらい》仕事《しごと》に就《つ》き部下《ぶか》を持《も》つようになっても、こういう大人《おとな》には絶対《ぜったい》なりたくないし、こういう男《おとこ》とは絶対《ぜったい》につきあいたくない。そしていま、こんなやつにだけは、絶《ぜっ》対《たい》にミーちゃんを渡《わた》すわけにはいかない。

「ちがうんですよ」

頬《ほほ》をさすりながら、プリンスが重《おも》たい口《くち》を開《ひら》いた。

「ちがうって何《なに》？　何《なに》と何《なに》がちがうの？」

「ミーちゃんがなぜいなくなったのか、そしてどこへ行《い》ったのか。ぼくたちも本当《ほんとう》に知《し》らないんです」

「横取《よこど》りしようとしたクセに！」

「だからちがいます。ぼくたちはミーちゃんに、世界中《せかいじゅう》のみんながあこがれるスター選《せん》手《しゅ》になってほしいと願《ねが》っているんです。そのために、世界一《せかいいち》の球団《きゅうだん》であるこのニャンキースで、思《おも》う存分大好《ぞんぶんだいす》きな野球《やきゅう》をやってほしいんです」

それを聞《き》いたニャイアンツのメンバーの口《くち》から、「ええ？」と戸惑《とまど》う声《こえ》が漏《も》れた。

「ニャンキースはミーちゃんをメジナリーグの選手《せんしゅ》として迎《むか》え入《い》れたいんです。ニャイアンツのみなさんには、タイミングをまちがわないようにお話《はな》しするつもりでした。ミーちゃんがアメリカで本当《ほんとう》に活躍《かつやく》できるかどうかを調《しら》べるため、今夜《こんや》は極秘《ごくひ》で身体検査《しんたいけんさ》を行《おこな》おうと計画《けいかく》していました」

ミーちゃんを移籍《いせき》させる前《まえ》に、ピッチャーの財産《ざいさん》である肩《かた》やひじの健康状態《けんこうじょうたい》をチェックし、今後《こんご》けがをするリスクがないかどうかを確《たし》かめようとしていたのだという。

「ちょっとプリンス、まさか内緒《ないしょ》でミーちゃんに近《ちか》づくために、わざとわたしを呼《よ》び出《だ》したの？」

「ユキ、わかってほしい。いま言《い》ったように、身体検査《しんたいけんさ》がしたかっただけなんだ。だったらユキがいないときのほうがいいだろ。それなのに、ウチのスタッフが行《い》ってみたら、ミーちゃんは、どこにも見当《みあ》たらなくて……」

「わたしをだましてミーちゃんを誘拐《ゆうかい》するなんて最低《さいてい》！　早《はや》くミーちゃんを返《かえ》してよ」

「だから誘拐《ゆうかい》なんかしてない！」

プリンスは顔《かお》の前《まえ》に人差《ひとさ》し指《ゆび》を立《た》て、小刻《こきざ》みに横《よこ》に振《ふ》った。

サッターバーグ会長《かいちょう》は、二人《ふたり》のやりとりには興味《きょうみ》を示《しめ》さず、一方的《いっぽうてき》に自分《じぶん》の考《かんが》えを話《はな》し始《はじ》めた。一緒《いっしょ》にやってきた別《べつ》の通訳《つうやく》が間《あいだ》に入《はい》る。

「われわれニャンキースは、すべての野球選手《やきゅうせんしゅ》にとって理想《りそう》の環境《かんきょう》を与《あた》えることが可能《かのう》だ。もちろんミー太郎《たろう》にも。けがをしないよう、無理《むり》な起用《きよう》は厳禁《げんきん》。栄養管理《えいようかんり》やマッサージなど体《からだ》の手入《てい》れもアメリカで最先端《さいせんたん》の科学《かがく》を導入《どうにゅう》するさ。ニャンキースの歴史《れきし》に残《のこ》るスター選手《せんしゅ》と同《おな》じように、ミー太郎《たろう》はここニューヨークでファンに愛《あい》されながら野球《やきゅう》をして、アメリカ中《じゅう》の人々《ひとびと》が彼《かれ》の思《おも》い出《で》をいつまでも語《かた》りつづける。ミー太郎《たろう》という野《や》球《きゅう》ファンの宝物《たからもの》を、ニャンキースが永久《えいきゅう》に守《まも》りつづけるのだよ。どうかね？　ミー太郎《たろう》にとって、こんなにいい話《はなし》はないだろう」

「夢《ゆめ》とか語《かた》れば、反論《はんろん》されないと思《おも》ってんの？」

ユキはもうがまんできなくなった。

「これがみんなの夢《ゆめ》だ、みたいなこと言《い》っておきながら、結局《けっきょく》は自分《じぶん》の意見《いけん》を押《お》しつけてるだけじゃない！　あんたたちのために、わたしとミーちゃんが犠牲《ぎせい》になるつもりなんてないから！」

「お嬢《じょう》ちゃん、よく考《かんが》えたほうがいい」

会長《かいちょう》はゴツい指輪《ゆびわ》をはめた太《ふと》い指《ゆび》で、自分《じぶん》のこめかみをツンツンと叩《たた》いた。

「それに君《きみ》を犠牲《ぎせい》にしようなんて思《おも》ってないよ。代《か》わりのペットならいくらでも与《あた》えよう。垂《た》れ耳《みみ》のスコティッシュフォールド？　青《あお》い目《め》のラグドール？　賢《かしこ》そうな顔立《かおだ》ちのアビシニアン？」

「まだわかんないの？　ミーちゃんの代《か》わりなんていない！　ミーちゃんはわたしにとって、ただのペットじゃないんだよ！」

その場《ば》にいるだれもが、ユキのものすごい剣幕《けんまく》に圧倒《あっとう》された。

ほんの少《すこ》しの沈黙《ちんもく》の後《あと》、井狩監督《いかりかんとく》は低《ひく》い声《こえ》で唸《うな》った。

「ユキちゃん……」

「何《なに》よ？」

「もっと言《い》っていいぞ！」

勢《いきお》いづいたユキが、さらにサッターバーグ会長《かいちょう》に詰《つ》め寄《よ》る。

「あんたのそのデカい頭《あたま》に脳《のう》みそ入《はい》ってないんじゃないの？」

困惑《こんわく》した通訳《つうやく》を見《み》て、監督《かんとく》はたたみかける。

「おいプリンス、いまのそのまま訳《やく》してやれ。……早《はや》く！」

監督《かんとく》に急《せ》かされたプリンスは真《ま》っ青《さお》になりながら、たどたどしく英語《えいご》に訳《やく》した。最後《さいご》まで言《い》い切《き》ると、目《め》を合《あ》わせずに聞《き》いていたサッターバーグ会長《かいちょう》は下唇《したくちびる》をわざとらしく突《つ》き出《だ》して、肩《かた》をすくめ手《て》のひらを上《うえ》に向《む》けた。

「おおー、失礼《しつれい》、失礼《しつれい》。もしわたしの発言《はつげん》が君《きみ》を傷《きず》つけたのだとしたら、撤回《てっかい》して心《こころ》から謝罪《しゃざい》しよう。お詫《わ》びに別《べつ》の望《のぞ》みをなんでもかなえて差《さ》し上《あ》げるよ。そうだ、君《きみ》もミー太郎《たろう》といっしょに、ニューヨークで暮《く》らすといい。五番街《ごばんがい》のマンションに住《す》みたいか？　専属《せんぞく》の通訳《つうやく》とシェフと運転手《うんてんしゅ》をつけようか？　ゆっくり考《かんが》えて、遠慮《えんりょ》なくプリンスに伝《つた》えておいてくれ」

どこまでも人《ひと》をバカにしたサッターバーグ会長《かいちょう》の態度《たいど》に、ユキをはじめニャイアンツのメンバーは言葉《ことば》を失《うしな》った。

「それにもちろん、ただでミー太郎《たろう》を譲《ゆず》ってくれとは言《い》わないよ。ニャイアンツの諸君《しょくん》、移籍金《いせききん》は1億《おく》ドルでいかがかな？」

「いくらだって？」

井狩監督《いかりかんとく》はすっとんきょうな声《こえ》を上《あ》げた。

アメリカのチームが日本《にっぽん》の選手《せんしゅ》を獲得《かくとく》する場合《ばあい》、元《もと》いたチームにお金《かね》を払《はら》うルールがある。サッターバーグ会長《かいちょう》は、たしか1億《おく》ドルと口《くち》にした。ざっと1ドル100円《えん》と計《けい》算《さん》しても、その額《がく》はなんと100億円《おくえん》だ。

「100億円《おくえん》だと!!」

興奮《こうふん》した監督《かんとく》の声《こえ》は裏返《うらがえ》り、目玉《めだま》は顔《かお》からこぼれ落《お》ちそうなぐらい飛《と》び出《で》ていた。

「監督《かんとく》……」

ユキはため息《いき》をついた。

どうして大人《おとな》は、こんなふうにお金《かね》に振《ふ》り回《まわ》されちゃうんだろう。

「ユキは働《はたら》いたことがないからわからないんだよ」

と言《い》われればそれまでかもしれないけど、とはいえ、いくら大切《たいせつ》なものがあっても、お金《かね》がそれを超《こ》えてしまうなんて納得《なっとく》いかない。


そこへ、ミーちゃんをさがしに出《で》ていた英須《えいす》さんと大嶋《おおしま》さんが戻《もど》ってきた。そしてもう一人《ひとり》、平野《ひらの》さんも後《うし》ろについてきた。

あれ？　平野《ひらの》さん、どこ行《い》ってたの？　こんな大事《だいじ》な話《はなし》をしてるのに、参加《さんか》してなかったの？

なぜか、平野《ひらの》さんの顔《かお》からは血《ち》の気《け》が引《ひ》いている。

「ごめん、ミーちゃんがいなくなっちゃった」

知《し》ってるってば。だからみんなこうして集《あつ》まってるのに。

ん？

何《なに》かが変《へん》だ。

どうしていま平野《ひらの》さんは、「ごめん」って謝《あやま》ったんだろう。

「平野《ひらの》さん、何《なに》か知《し》ってるの？」

「……。うん」

平野《ひらの》さんは自分《じぶん》が目《め》にしたことを、ときどきつっかえながら話《はな》した。

ユキがプリンスに会《あ》うためにホテルを出《で》た後《あと》、平野《ひらの》さんはミーちゃんともう少《すこ》しトレーニングがしたくて、いっしょに外《そと》へ出《で》たという。

ミーちゃんを部屋《へや》から連《つ》れ出《だ》したのは、平野《ひらの》さんだったんだ。

公園《こうえん》でキャッチボールをしていると、それてしまったボールを追《お》いかけて、ミーちゃんが花壇《かだん》の奥《おく》へと走《はし》っていった。

平野《ひらの》さんが目《め》を離《はな》したのは、1分《ぷん》か2分《ふん》ぐらいだった。それでも戻《もど》ってこないことが心配《しんぱい》になり、ミーちゃんが走《はし》っていったほうへ近《ちか》づいてみると、1台《だい》の車《くるま》が急発進《きゅうはっしん》した。

車《くるま》が走《はし》り去《さ》ると、そこにはだれもいなかった。風《かぜ》に吹《ふ》かれる落《お》ち葉《ば》がカサカサと音《おと》を立《た》てる地面《じめん》には、ゴムでできたネズミのおもちゃと、野球《やきゅう》のボールが転《ころ》がっていた。ボールには猫《ねこ》の爪《つめ》で傷《きず》がついていて、まだ温《あたた》かかった。

「もしかしてミーちゃん、その車《くるま》でどこかに連《つ》れ去《さ》られたってこと？」

ユキはそう言《い》いながら、鼻《はな》の奥《おく》がツンとなるのを感《かん》じた。涙《なみだ》がじわりとあふれる。

「おい平野《ひらの》、その車《くるま》の特徴《とくちょう》、覚《おぼ》えてるか？」

井狩監督《いかりかんとく》がヒゲをピクピクさせながら、平野《ひらの》さんに顔《かお》を寄《よ》せて迫《せま》った。

平野《ひらの》さんによると、その車《くるま》とは緑色《みどりいろ》をした小型《こがた》のバンで、ボディには特徴《とくちょう》のある絵《え》が描《か》いてあったという。

「暗《くら》かったし、うろ覚《おぼ》えなんで自信《じしん》ないけど……」

平野《ひらの》さんは記憶《きおく》の中《なか》の絵《え》をみんなの前《まえ》で描《か》いてくれた。

楕円形《だえんけい》に耳《みみ》とヒゲ。

「これは！」

ユキは震《ふる》え上《あ》がった。今朝《けさ》、青空市場《あおぞらいちば》でフルーツを売《う》っていた『キウイ・キャッツ』のお店《みせ》のマークだ。

「ミーちゃんを誘拐《ゆうかい》したのは、あの三姉妹《さんしまい》ってこと？」

「いったいどういうことだ」

プリンスも目《め》を丸《まる》くして、声《こえ》をしぼり出《だ》した。

「とぼけないで」ユキは冷《つめ》たく言《い》い放《はな》つ。

「全部《ぜんぶ》あんたたちが仕組《しく》んだんでしょ？　あの泥棒三姉妹《どろぼうさんしまい》に、ミーちゃんをねらわせたんだ！」

だがプリンスもサッターバーグ会長《かいちょう》も「知《し》らない」の一点張《いってんば》り。どこまでも身勝手《みがって》なサッターバーグ会長《かいちょう》は「横取《よこど》りされてたまるかよ」とまで言《い》った。

「あんたがそれ言《い》う？」

「一刻《いっこく》も早《はや》く、消《き》えたミー太郎《たろう》を捕獲《ほかく》しろ」

「捕獲《ほかく》って言《い》うな！」

「では、迷子《まいご》の迷子《まいご》の子猫《こねこ》ちゃんを救出《きゅうしゅつ》しようと言《い》えばいいかな。われわれは必《かなら》ず見《み》つけ出《だ》してみせる。ミー太郎《たろう》をこんな危険《きけん》な目《め》にあわせるような日本《にっぽん》の小娘《こむすめ》なんて、飼《か》い主失格《ぬししっかく》だ。ベースボール界《かい》の至宝《しほう》をいますぐ君《きみ》から引《ひ》き離《はな》し、ニャンキースが彼《かれ》を守《まも》るべきだ！」

飼《か》い主《ぬし》……、失格《しっかく》……。

強《つよ》くて重《おも》たい言葉《ことば》が、トゲを持《も》った形《かたち》になってむりやり口《くち》の中《なか》に押《お》し込《こ》まれたような気分《きぶん》になる。

その言葉《ことば》を飲《の》み込《こ》んでしまったユキは、思《おも》わず胸《むね》を押《お》さえた。トゲが胸《むね》に突《つ》き刺《さ》さって、すごく痛《いた》い。

そうだ。そもそもわたしが目《め》を離《はな》したのが悪《わる》いんだ。

ユキは目《め》を閉《と》じ、息《いき》を止《と》め、スカートの裾《すそ》をギュッとつかんで全身《ぜんしん》を固《かた》くした。もし大声《おおごえ》を上《あ》げて泣《な》き出《だ》したら、ますますこの男《おとこ》を調子《ちょうし》づかせてしまう。

必死《ひっし》で立《た》っているユキの耳《みみ》に、サツターバーグ会長《かいちょう》の威勢《いせい》のいい声《こえ》が聞《き》こえた。彼《かれ》は言葉《ことば》のノックを浴《あ》びせるように、部下《ぶか》たちにすばやく指示《しじ》を出《だ》して去《さ》っていった。

ニューヨークの夜《よる》に、大捜査線《だいそうさせん》が張《は》りめぐらされた。

＊＊＊

どうしよう？

ユキはミーちゃんをさがさなければと思《おも》いながら、どうしていいかまったく見当《けんとう》がつかない。ただ、やみくもに動《うご》き回《まわ》るのはよくない。

「ユキちゃんが別《べつ》のトラブルに巻《ま》き込《こ》まれてしまったら、それこそ一大事《いちだいじ》だ」

と、井狩監督《いかりかんとく》も外出《がいしゅつ》を許可《きょか》してくれなかった。

もちろんお父《とう》さんとお母《かあ》さんからも「夜間《やかん》は外出《がいしゅつ》しないように」と、日本《にっぽん》を出発《しゅっぱつ》する前《まえ》に口酸《くちず》っぱく言《い》い含《ふく》められていた。

「おれたちにできることは、何《なに》もなさそうだな」

井狩監督《いかりかんとく》はさびしそうに言《い》った。

「悔《くや》しいだろうけど、ここはサッターバーグ会長《かいちょう》たちにまかせたほうが安全《あんぜん》だし、うまくいくような気《き》がするよ」

「明日《あした》になったら、青空市場《あおぞらいちば》のあの店《みせ》があった場所《ばしょ》に行《い》こう。そこで何《なに》かわかるかもしれない」

「どこかで遊《あそ》んでるだけで、案外《あんがい》そのうち戻《もど》ってくるかもしれないよ」

チームメイトたちも、ユキをなだめようと次々《つぎつぎ》に言葉《ことば》をかけてくれた。

みんな、サッターバーグ会長《かいちょう》がミーちゃんを見《み》つけ出《だ》すなら、それでいいと思《おも》っているみたいだ。

口《くち》ではミーちゃんとユキを心配《しんぱい》して気《き》づかってくれているようだけれど、内心《ないしん》ではミーちゃんが移籍《いせき》すればいいと思《おも》っているのかな。やっぱりこの人《ひと》たちは、ミーちゃんよりも100億円《おくえん》のほうがいいのかな。

「とにかく、あわてて行動《こうどう》しちゃダメだぞ」

ユキは井狩監督《いかりかんとく》にもう一度念《いちどねん》を押《お》されて、部屋《へや》に戻《もど》った。

ユキはすぐにネットで『キウイ・キャッツ』と検索《けんさく》して調《しら》べてみたが、お店《みせ》のホームページは見《み》つからなかった。連絡先《れんらくさき》も、どこにも載《の》っていない。

あ、と思《おも》いつき、プリンスが教《おし》えてくれた『ヒゲブック』にアクセスしてみた。

「何《なに》かヒントがつかめるかも」と期待《きたい》したユキだが、次《つぎ》の瞬間《しゅんかん》、目《め》の前《まえ》が真《ま》っ暗《くら》になった。

『ヒゲブック』のトップページにはミーちゃんの写真《しゃしん》が貼《は》られ、

「この猫《ねこ》をさがしています。見《み》つけてくれた方《かた》には賞金《しょうきん》を差《さ》し上《あ》げます」

と書《か》かれていた。サッターバーグ会長《かいちょう》が手《て》を回《まわ》していたのだ。

「ぐがが！　卑怯《ひきょう》だ！　さすがに汚《きたな》い！」

ユキは日本語《にほんご》で、

「本当《ほんとう》の飼《か》い主《ぬし》はわたしです。サッターバーグ会長《かいちょう》にミーちゃんを横取《よこど》りされそうになって困《こま》っています。ミーちゃんを見《み》つけたら、下記《かき》までメールください」
と書《か》いて自動翻訳《じどうほんやく》にかけ、それをコピペして『ヒゲブック』に投稿《とうこう》した。しかし数分《すうふん》
後《ご》にはその書《か》き込《こ》み自体《じたい》が運営会社《うんえいがいしゃ》によって削除《さくじょ》されてしまった。

いまごろミーちゃんはどうしてるんだろう。
ちゃんとごはん食《た》べたかな。
明日《あした》の試合《しあい》のこと、わかってるのかな。
わたしのこと、思《おも》い出《だ》してるかな。
それとも、もう忘《わす》れちゃったかな。
考《かん》えたくもないけれど、ミーちゃんは意外《いがい》と平気《へいき》なのかもしれない。
青空市場《あおぞらいちば》で出会《であ》った三姉妹《さんしまい》に、ミーちゃんがスリスリして甘《あま》えていた姿《すがた》を思《おも》い出《だ》す。
あれは今朝《けさ》なのに、ユキには何日《なんにち》も前《まえ》のことのように感《かん》じられる。
ユキにとってミーちゃんが、もう「思《おも》い出《で》」になりかけている。
ユキはミーちゃんの気持《きも》ちになって考《かんが》えようと思《おも》った。

サツターバーグ会長《かいちょう》が言《い》うとおり、ニャンキースのスタッフのサポートを受《う》けて、長《なが》く健康《けんこう》に野球《やきゅう》ができて、世界中《せかいじゅう》のファンにいつまでも愛《あい》される選手《せんしゅ》になるのなら、そのほうが幸《しあわ》せかもしれない。

それに、人間《にんげん》と猫《ねこ》がいっしょに暮《く》らせる期間《きかん》というのも、考《かんが》えてみればそう長《なが》くはない。

ユキはだれもいない部屋《へや》で、つぶやいた。

「結局《けっきょく》、いつかはお別《わか》れするんだ。ミーちゃんだって、それまでに広《ひろ》い世界《せかい》を見《み》てみたいって思《おも》ったりするのかな」

結果《けっか》がどうなるかあらかじめわかっていれば、大《おお》きな決断《けつだん》を下《くだ》すことは簡単《かんたん》だ。でも人生《じんせい》の分《わ》かれ道《みち》に立《た》ったときには、答《こた》えがわからないまま必《かなら》ずどちらかを選《えら》ばなければならない。その決断《けつだん》が正《ただ》しいのか、まちがいなのかは、ずっと先《さき》まで歩《ある》いてみなければわからない。それでも、決《き》めるのはいましかないのだろう。

「わたしはもう、ミーちゃんにとって一番《いちばん》じゃないのかもしれないな」

ユキの胸《むね》は張《は》りさけそうになった。

それからユキは、心《こころ》の中《なか》でアルバムをめくるように、ミーちゃんとの思《おも》い出《で》を一《ひと》つずつ思《おも》い出《だ》した。

まだ赤《あか》ちゃんだったころのよちよち歩《ある》き。先《さき》を急《いそ》ぐ前足《まえあし》を、後《うし》ろ足《あし》が一生懸命《いっしょうけんめい》追《お》いかけていた。

抱《だ》き上《あ》げると、思《おも》ってた以上《いじょう》に柔《やわ》らかくて、温《あたた》かかった。そしてゴロゴロという不思議《ふしぎ》な音《おと》が体《からだ》の中《なか》から聞《き》こえるので、ユキはとてもおどろいたけれど、それは、猫《ねこ》がご機嫌《きげん》なときに鳴《な》らす、のどの音《おと》だった。

リビングの出窓《でまど》のところで昼寝《ひるね》から覚《さ》めると、よく大《おお》きな口《くち》を開《あ》けてあくびをしていた。

かまってほしいときは、床《ゆか》に寝転《ねころ》んで手足《てあし》をうんと伸《の》ばし、そのままゴロゴロと寝返《ねがえ》りを打《う》った。

野性《やせい》の本能《ほんのう》でネズミやモグラを捕《つか》まえてきたこともある。でも、その獲物《えもの》をどうしていいかわからずもてあそんでいた。

ユキの机《つくえ》の上《うえ》ですやすや眠《ねむ》ったミーちゃんをじゃましないように、床《ゆか》にノートを広《ひろ》げて宿題《しゅくだい》をやった夜《よる》のことも思《おも》い出《だ》した。

そんなミーちゃんの姿《すがた》を、もう一生《いっしょう》見《み》ることはないかもしれない。

ユキは机《つくえ》を指《ゆび》でなぞり、「ミーちゃん」と書《か》いてみた。これまでも、ミーちゃんに会《あ》えない授業中《じゅぎょうちゅう》など、だれにも見《み》つからないように、よくそうしていた。

涙《なみだ》を拭《ふ》いて立《た》ち上《あ》がり、窓辺《まどべ》に立《た》って外《そと》の景色《けしき》をぼんやりと眺《なが》めた。

気《き》づかなかったけれど、今夜《こんや》は満月《まんげつ》だ。大《おお》きな月《つき》が、たくさんのビルを丸呑《まるの》みしそうなほどに迫《せま》っている。

廊下《ろうか》からは、酔《よ》っぱらってちょっとセンチメンタルになった観光客《かんこうきゃく》が、ミュージカル『キャッツ』の歌《うた》を歌《うた》う声《こえ》が聞《き》こえてきた。

ユキはカーテンのふくらみに目《め》を移《うつ》す。白《しろ》い風船《ふうせん》はまだそこにあった。

ユキはそれに手《て》を伸《の》ばす。

ところが、たぐり寄《よ》せた紐《ひも》が指《ゆび》から離《はな》れてしまった。

風船《ふうせん》は換気用《かんきよう》の窓《まど》をするりと抜《ぬ》け、空《そら》に昇《のぼ》っていった。

ついさっきまで、わたしの手元《てもと》にあったのに。

ずっとわたしのものだったはずなのに。

一度手《いちどて》を離《はな》してしまった風船《ふうせん》は、もう帰《かえ》ってはこない。

ユキはガラスに顔《かお》をくっつけて、風船《ふうせん》を目《め》で追《お》った。雪《ゆき》のように白《しろ》くてかわいい風船《ふうせん》が闇《やみ》に消《き》えていった後《あと》も、涙《なみだ》が止《と》まらなかった。

謎《なぞ》の猫《ねこ》バッター登場《とうじょう》

第《だい》9章《しょう》

試合当日《しあいとうじつ》の朝《あさ》、空《そら》は果《は》てしなく青一色《あおいっしょく》で、天使《てんし》が家《いえ》に帰《かえ》ろうにも目印《めじるし》がなくて迷子《まいご》になるんじゃないかと心配《しんぱい》になるほどだ。

風《かぜ》はなく、光《ひかり》は柔《やわ》らかくて温《あたた》かく、ジョギングする人《ひと》たちも昨日《きのう》より一枚薄着《いちまいうすぎ》だ。

こんなにも絶好《ぜっこう》の野球日和《やきゅうびより》だというのに、ミーちゃんはいったいどこで何《なに》をしているんだろう。

ユキたちは真《ま》っ先《さき》に青空市場《あおぞらいちば》へ行《い》ってみたが、残念《ざんねん》ながら今日《きょう》に限《かぎ》って市場《いちば》はお休《やす》みだった。

『キウイ・キャッツ』が店《みせ》を出《だ》していたあたり一帯《いったい》は土《つち》のにおいに包《つつ》まれ、その土《つち》の上《うえ》に積《つ》もる赤《あか》く染《そ》まった楓《かえで》の葉《は》が、ユキたちが歩《ある》くたびにクシュッと音《おと》を立《た》てていた。

「ミーちゃん、やっぱり……」

ユキはがっくりと肩《かた》を落《お》としながらホテルに帰《かえ》った。

スタジアムへ向《む》かうバスが出発《しゅっぱつ》する時間《じかん》になったが、まだミーちゃんは戻《もど》ってこない。

それに、なぜかプリンスも朝《あさ》から姿《すがた》を見《み》せていない。サッターバーグ会長《かいちょう》の指示《しじ》で、彼《かれ》はいまもミーちゃんを捜索《そうさく》しているのだろうか。

「しかたない」と背中《せなか》から声《こえ》が聞《き》こえた。

振《ふ》り返《かえ》ると、そこには猫耳《ねこみみ》をつけ、自分《じぶん》のヒゲを固《かた》め、頬《ほほ》をピンクに塗《ぬ》った井《い》狩監督《かりかんとく》が立《た》っていた。

「ニャア」

「ニャアじゃないっすよ監督《かんとく》。何《なに》してんですか！」

「だって、こうするしかないだろ。お客《きゃく》さんたちは猫《ねこ》ピッチャーを見《み》たいんだ。代《か》わりにおれが投《な》げる」

「そういう問題《もんだい》じゃない」

「すぐバレる」

「かわいくない」

「早《はや》く顔洗《かおあら》ってください」

選手《せんしゅ》たちからボコボコに言《い》われ、監督《かんとく》は背中《せなか》を丸《まる》めて無言《むごん》で引《ひ》き下《さ》がった。

結局《けっきょく》、ミーちゃんを見《み》つけられないまま、ニャイアンツはホテルを後《あと》にした。

バスがスタジアムに到着《とうちゃく》すると、駐車場《ちゅうしゃじょう》にサツターバーグ会長《かいちょう》がのしのしと近《ちか》づいてきた。

「何《なに》よ！」

ユキは会長《かいちょう》をにらみつけたが、会長《かいちょう》は挑発《ちょうはつ》するようなことは何《なに》も言《い》わず、押《お》し黙《だま》ってバスから降《お》りる選手《せんしゅ》たちを目《め》で追《お》っていた。

「帰《かえ》ってないのか？」

「ってことは、そっちも……」

会長《かいちょう》は両手《りょうて》で後頭部《こうとうぶ》を抱《かか》えたきり、何《なに》も言《い》わなくなった。

よく見《み》ると彼《かれ》の細《ほそ》い目《め》は赤々《あかあか》と充血《じゅうけつ》していて、顔色《かおいろ》もいつもよりくすんで見《み》えた。きっと徹夜《てつや》でミーちゃんをさがしていたのだろう。

ニャンキー・スタジアムは超満員《ちょうまんいん》にふくれ上《あ》がっていた。

舞台《ぶたい》の裏《うら》でそんな大事件《だいじけん》が起《お》きているなんてちっとも知《し》らない観客《かんきゃく》たちは、猫耳《ねこみみ》カチューシャや猫《ねこ》じゃらしなどの応援《おうえん》グッズを身《み》につけ、ミーちゃんに向《む》けた手書《てが》きのメッセージボードをかかげていた。

スタジアムＤＪ《ディージェイ》が、先発《せんぱつ》メンバーをアナウンスする。

――ニャイアンツのピッチャーは、英須《えいす》！

陽気《ようき》なＤＪ《ディージェイ》の声《こえ》が、むなしく場内《じょうない》に響《ひび》く。

客席《きゃくせき》は、冷《ひ》や水《みず》をかけられたようにほんの一瞬《いっしゅん》静《しず》まり返《かえ》り、つづいて大《だい》ブーイングが英須《えいす》さんに向《む》けられた。

「おれ、きらわれてるんだなー」

ベンチの前《まえ》で肩《かた》ならしのキャッチボールをしている英須《えいす》さんは、いまにも泣《な》き出《だ》しそうだ。

そのお尻《しり》を、平野《ひらの》さんがキャッチャーミットでポンポンと叩《たた》き、「全力《ぜんりょく》でねじ伏《ふ》せましょう」と励《はげ》ました。

試合《しあい》が始《はじ》まった。

英須《えいす》さんは初回《しょかい》からランナーを背負《せお》う苦《くる》しいピッチングを強《し》いられた。

それでも英須《えいす》さん、平野《ひらの》さんのバッテリーはなんとか要所《ようしょ》を締《し》め、4回《かい》までを無失点《むしってん》で切《き》り抜《ぬ》けた。

5回《かい》。ついにニャンキース打線《だせん》に捕《つか》まった。

ヒット2本《ほん》とフォアボールでワンアウト満塁《まんるい》のピンチを招《まね》くと、この試合《しあい》でデビューした〝猫《ねこ》バッター〟サーバリアンに打席《だせき》が回《まわ》った。

四番《よばん》を任《まか》されたサーバリアンは、この日《ひ》の第《だい》1打席《だせき》で内野手《ないやしゅ》と外野手《がいやしゅ》の間《あいだ》にポトリと落《お》ちるヒットを放《はな》つと、俊足《しゅんそく》を飛《と》ばしてツーベースヒットにした。二塁塁上《にるいるいじょう》で、手首《てくび》をクイッと曲《ま》げて顔《かお》の横《よこ》にかかげる猫《ねこ》っぽいガッツポーズを見《み》せると、ニャンキースファンが大《おお》いに沸《わ》いた。

第《だい》2打席《だせき》は、もう少《すこ》しでホームランという、センターへの大《おお》きなフライを打《う》ち上《あ》げ、パワーのあるところもファンにアピールした。

ミーちゃんのいないスタジアムでは、サーバリアンが主役《しゅやく》だった。

そしていま、第《だい》3打席《だせき》。ゆっくりと右《みぎ》バッターボックスに入《はい》ったサーバリアンは、足《あし》場《ば》を固《かた》めると両手《りょうて》を地面《じめん》につけて腰《こし》を上《あ》げ、ミーちゃんがよくするように、ぐーっと背《せ》中《なか》を伸《の》ばす。それから手袋《てぶくろ》をつけた両手《りょうて》を順番《じゅんばん》になめ、手《て》の甲《こう》で顔《かお》をぬぐう。

「人間《にんげん》なのに、仕草《しぐさ》は猫《ねこ》にそっくりね」

ユキは呆気《あっけ》にとられた。

「あいつ何者《なにもの》なんだろうな」

と井狩監督《いかりかんとく》。

「野球選手《やきゅうせんしゅ》じゃなくて、役者《やくしゃ》とかものまねタレントだったりして」

ガツン、という音《おと》とともに、英須《えいす》さんの球《たま》は打《う》ち返《かえ》され、レフトの頭《あたま》を越《こ》えていった。三塁《さんるい》ランナーにつづいて、二塁《にるい》ランナーもホームイン。一塁《いちるい》ランナーもホームに突入《とつにゅう》したが、これはニャイアンツが好返球《こうへんきゅう》でタッチアウトにした。

返球《へんきゅう》の間《あいだ》に、サーバリアンは三塁《さんるい》を陥《おとしい》れていた。

「ユキちゃん、こりゃ大変《たいへん》だ」

「ええ。さっき言《い》ったこと訂正《ていせい》します。彼《かれ》は役者《やくしゃ》でもものまねタレントでもない。打撃《だげき》も走塁《そうるい》も、超一流《ちょういちりゅう》のメジナリーガーですよ」

「でもこんなすごいやつが、いったい、いままでどこにいたんだろうな」

井狩監督《いかりかんとく》は首《くび》をかしげた。ユキも答《こた》えがわからなかった。

2点《てん》を失《うしな》った英須《えいす》さんは、後続《こうぞく》のバッターにフォアボールを与《あた》え、ツーアウトながら一、三塁《さんるい》のピンチを迎《むか》えた。

平野《ひらの》さんがタイムをかけて、マウンドに歩《あゆ》み寄《よ》る。

「ミー太郎《たろう》！　ミー太郎《たろう》！」

客席《きゃくせき》からの大合唱《だいがっしょう》がスタジアム全体《ぜんたい》にこだまする。「早《はや》くミーちゃんを出《だ》せ」という要求《ようきゅう》だ。

「英須《えいす》さん自信《じしん》を持《も》って。踏《ふ》ん張《ば》りどころですよ！」

「いや、すごいプレッシャーだよ」

英須《えいす》さんがめずらしく弱音《よわね》をはいた。

そのときだった——。

三塁側《さんるいがわ》の客席《きゃくせき》、ニャイアンツのベンチの真上《まうえ》あたりから、「うわっ」「キャーッ」という声《こえ》が次々《つぎつぎ》に聞《き》こえてきた。

なんだろう、とユキはベンチから飛《と》び出《だ》し、手《て》のひらでひさしを作《つく》るようにして客席《きゃくせき》を仰《あお》ぎ見《み》た。

お客《きゃく》さんたちは何《なに》かにビクッとしながら足元《あしもと》に視線《しせん》を落《お》とす。そして、みんなの頭《あたま》がいっせいに同《おな》じ方向《ほうこう》を向《む》く。右《みぎ》から左《ひだり》へ。そして視線《しせん》が階段《かいだん》をかけ上《のぼ》る。

地面《じめん》を何《なに》かが走《はし》っている！

「ミーちゃん？　ミーちゃんでしょ！　そこにいるんでしょ！」

ユキは大《おお》きな声《こえ》で客席《きゃくせき》に叫《さけ》んだ。

スタジアムは一気《いっき》に静《しず》かになった。そして、

「ヘイ、リトルボーイ！」

しわがれた声《こえ》が聞《き》こえたと思《おも》うと、客席《きゃくせき》の一番高《いちばんたか》いところにいたおじいさんが、白《しろ》い小《ち》さ《い》なぬいぐるみのようなかたまりを抱《だ》き上《あ》げ、目《め》の前《まえ》に突《つ》き出《だ》した。

ユキが見《み》まちがうはずはない。その白《しろ》いかたまりは、ミーちゃんだった。

「ミーちゃーーーーん！」

ユキは全力《ぜんりょく》ダッシュで客席《きゃくせき》の最上階《さいじょうかい》へ向《む》かった。大《おお》きな球場《きゅうじょう》で、ベンチから客席《きゃくせき》までは長《なが》い距離《きょり》がある。走《はし》って走《はし》って息《いき》が切《き》れて、足《あし》はクタクタになったけれど、ユキはブンブンと腕《うで》を振《ふ》って体《からだ》を持《も》ち上《あ》げつづけた。

客席《きゃくせき》は再《ふたた》び「ミー太郎《たろう》！」コールに包《つつ》まれ、疾走《しっそう》するユキに大《おお》きな拍手《はくしゅ》が注《そそ》がれた。

おじいさんに抱《だ》き上《あ》げられ、胴体《どうたい》がびろーんと伸《の》びたミーちゃんは、ユキの顔《かお》を見《み》ると同時《どうじ》に「ニャニャーッ！」と喜《よろこ》んだように鳴《な》いた。

一晩中《ひとばんじゅう》、行方不明《ゆくえふめい》だったにもかかわらず、ミーちゃんの体《からだ》には汚《よご》れも傷《きず》も一《ひと》つとしてなく、相変《あいか》わらず新雪《しんせつ》のように真《ま》っ白《しろ》だった。

「ミーちゃん、いったいどこに行《い》ってたの？　どうやってここに来《き》たの？」

ユキは涙声《なみだごえ》で話《はな》しかけたが、ミーちゃんは何《なに》も答《こた》えなかった。

おじいさんがミーちゃんをユキに渡《わた》し、「さあ、最高《さいこう》に楽《たの》しい野球《やきゅう》を見《み》せておくれ」とウインクすると、ミーちゃんはコクンとうなずいた。

――選手《せんしゅ》の交代《こうたい》をお知《し》らせします。ニャイアンツのピッチャー、英須《えいす》に代《か》わりまして、ミー太郎《たろう》！

アナウンスの声《こえ》に弾《はじ》かれるように、またまた客席《きゃくせき》が沸騰《ふっとう》する。

場内《じょうない》には爆音《ばくおん》でBGM《ビージーエム》が流《なが》れ始《はじ》めた。

最初《さいしょ》の4小節《しょうせつ》は力強《ちからづよ》いパーカッションのリズム。地平線《ちへいせん》の彼方《かなた》からやってくる大《おお》きな動物《どうぶつ》たちの足音《あしおと》のイメージが、頭《あたま》の中《なか》に浮《う》かび上《あ》がる。つづいて金管楽器《きんかんがっき》によるファンファーレ。ホルンの音色《ねいろ》は、鋭《するど》い牙《きば》をむき出《だ》しにした野生動物《やせいどうぶつ》たちの雄叫《おたけ》びを連想《れんそう》させる。

この曲《きょく》はユキも知《し》っている。ニャイアンツのみんなが知《し》っている。日本《にっぽん》の高校野球《こうこうやきゅう》でブラスバンドがよく演奏《えんそう》する『アフリカンシンフォニー』という曲《きょく》だ。ミーちゃんの登《とう》場《じょう》に合《あ》わせて、ニャンキー・スタジアムのDJ《ディージェイ》が用意《ようい》していたのだ。

ベンチからグラウンドに足《あし》を踏《ふ》み入《い》れたミーちゃんは、二本足《にほんあし》でゆっくりと歩《ある》いてマウンドに向《む》かった。『アフリカンシンフォニー』を聞《き》いているせいなのか、ミーちゃんの表情《ひょうじょう》には野性《やせい》の本能《ほんのう》がたぎっているように見《み》える。つまり気合《きあい》はバッチリだ。

「あとは頼《たの》んだぜ、ミーちゃん」

英須《えいす》さんが額《ひたい》の汗《あせ》をぬぐいながらボールを手渡《てわた》し、マウンドを去《さ》る。

「アーオ！」とミーちゃんは返事《へんじ》をした。攻撃的《こうげきてき》な気持《きも》ちになっているときの鳴《な》き方《かた》だ。

そしてミーちゃんは平野《ひらの》さんに「早《はや》く座《すわ》って構《かま》えてよ！」と身振《みぶ》りで伝《つた》えた。

「ミーちゃん、準備運動《じゅんびうんどう》！」

ユキがベンチから落《お》ち着いて指示《しじ》を出《だ》すと、ミーちゃんは手《て》をついてぐーっと背中《せなか》を伸《の》ばした。はい。あっという間《ま》に準備完了《じゅんびかんりょう》。

交代《こうたい》したピッチャーは普通《ふつう》、何球《なんきゅう》か投球練習《とうきゅうれんしゅう》をすることができるけれど、ミーちゃんは首《くび》を横《よこ》に振《ふ》った。

「いいから早《はや》く勝負《しょうぶ》だ」と言《い》っている。

ニャイアンツの選手《せんしゅ》たちが守備位置《しゅびいち》に戻《もど》り、構《かま》える。平野《ひらの》さんがマスクをかぶり直《なお》して座《すわ》り、ミットをミーちゃんに向《む》けた。

ミーちゃんはプレートに足《あし》を合《あ》わせ、ボールを胸《むね》の前《まえ》にセットした。

しっぽはリズムよく、左右《さゆう》にブンブンと大《おお》きく振《ふ》っている。「ぼくは強《つよ》いんだぞ」というアピールだ。

ミーちゃんは足《あし》を上《あ》げて、平野《ひらの》さんのミットめがけて力《ちから》いっぱいボールを投《な》げ込《こ》んだ。

1球目《きゅうめ》、2球目《きゅうめ》ともに直球《ちょっきゅう》が決《き》まり、たちまちツーストライク。相手《あいて》のバッターは一《いち》度《ど》、打席《だせき》から離《はな》れて軽《かる》く素振《すぶ》りをしながら何《なに》かを考《かんが》えている。

「ははーん。次《つぎ》はどんな球《たま》が来《く》るか、予想《よそう》がつかないんだろうな」

一番近《いちばんちか》くで観察《かんさつ》しているキャッチャーの平野《ひらの》さんが、相手《あいて》バッターの気持《きも》ちを読《よ》んだ。

「そうか。ニャンキースは、ミーちゃんが直球一本《ちょっきゅういっぽん》だってことを知《し》らないのか」

猫《ねこ》の短《みじか》い指《ゆび》では、ボールを挟《はさ》んだりひねったりする変化球《へんかきゅう》を投《な》げるのはとてもむずかしい。だからミーちゃんは、まだ変化球《へんかきゅう》を習得《しゅうとく》できていないのだが、相手《あいて》はそれを知《し》らない。

「そうとわかれば」――平野《ひらの》さんは相手《あいて》を惑《まど》わせる作戦《さくせん》に出《で》た。

「さあ、ミーちゃん。次《つぎ》は何《なに》を投《な》げる？　カーブか、スライダーか？」

平野《ひらの》さんは「カーブ」と「スライダー」のところだけ英語《えいご》っぽい発音《はつおん》で、わざとらしく声《こえ》を出《だ》した。

動揺《どうよう》したバッターの肩《かた》がピクッと動《うご》いた。

「イエース、ミーちゃん、カモーン！」

平野《ひらの》さんは指《ゆび》でサインを出《だ》し、ミーちゃんに見《み》せる。もちろんサインは「直球《ちょっきゅう》」だ。

ミーちゃんはしっぽをピーンと立《た》ててうなずき、3球目《きゅうめ》を投《な》げた。

ど真《ま》ん中《なか》に得意《とくい》の直球《ちょっきゅう》が決《き》まり、バッターは空振《からぶ》り三振《さんしん》。スリーアウト。ミーちゃんがピンチを切《き》り抜《ぬ》けた。場内《じょうない》の球速表示《きゅうそくひょうじ》は時速《じそく》92マイルと出《で》ている。日本式《にほんしき》に直《なお》せば、147か148キロ。ミーちゃんの自己《じこ》ベストに値《あたい》するスピードだ。

堂々《どうどう》とベンチに引《ひ》き上《あ》げるミーちゃんの姿《すがた》が大型《おおがた》ビジョンに映《うつ》し出《だ》されると、歓声《かんせい》はしばらくやまなかった。

第《だい》10章《しょう》

瞳《ひとみ》の奥《おく》に かくされた真実《しんじつ》

試合《しあい》は最終回《さいしゅうかい》を迎《むか》えていた。

ニャンキースの得点《とくてん》はここまで、5回《かい》に挙《あ》げた2点《てん》のみ。一方《いっぽう》のニャイアンツは6回《かい》に大嶋《おおしま》さんのスリーランホームランが飛《と》び出《だ》し、3対《たい》2と逆転《ぎゃくてん》に成功《せいこう》していた。

そしていま、9回裏《かいうら》、ニャンキースの攻撃《こうげき》。ツーアウトながら二《に》、三塁《さんるい》にランナーがいる。ミーちゃんがあと一人《ひとり》アウトに取《と》れば、ニャイアンツの勝利《しょうり》が決《き》まる。しかし二人《ふたり》のランナーがホームに帰《かえ》れば逆転《ぎゃくてん》サヨナラ負《ま》けという大《だい》ピンチだ。

この大事《だいじ》な場面《ばめん》で打席《だせき》に迎《むか》えるのは、猫《ねこ》に扮《ふん》した怪力男《かいりきおとこ》、サーバリアン。

平野《ひらの》さんがタイムを取《と》り、ニャイアンツの内野陣《ないやじん》をピッチャーマウンドに集《あつ》めた。

「あの猫《ねこ》バッターは正直手《しょうじきて》がつけられないな」

「しかも最後《さいご》にいい場面《ばめん》で回《まわ》ってくるなんて。あいつ持《も》ってるな」

「でも一塁《いちるい》が空《あ》いてる」

「ミーちゃん、歩《ある》かせていいよ」

平野《ひらの》さんは、サーバリアンにはわざとフォアボールを与《あた》えて、次《つぎ》のバッターを打《う》ち取《と》ろうと作戦《さくせん》を持《も》ちかけた。

「ニャー!?」

何言《なにい》ってんの？　という顔《かお》で、ミーちゃんは平野《ひらの》さんを見上《みあ》げた。

そして輪《わ》の外《そと》にスタスタと抜《ぬ》け出《だ》し、選手《せんしゅ》たちにお尻《しり》を向《む》けてぺたっと座《すわ》り込《こ》んでしまった。

「ねえミーちゃーん」

「無理《むり》するところじゃないってば」

平野《ひらの》さんたちの呼《よ》びかけに、しっぽをバタバタと左右《さゆう》に倒《たお》して、「いやだ」と答《こた》えた。

その一部始終《いちぶしじゅう》が大型《おおがた》ビジョンに映《うつ》し出《だ》される。頑固《がんこ》なミーちゃんに、観客《かんきゃく》は大《おお》ウケだ。

「ねえ、どうしても？」

平野《ひらの》さんがミーちゃんに再確認《さいかくにん》する。

「ニャッ！」

「わかった。ミーちゃんの望《のぞ》みどおり、あいつと勝負《しょうぶ》だ。絶対《ぜったい》エラーすんなよ！」

「うぃっす！」

選手《せんしゅ》たちの輪《わ》が解《と》け、みんなが守備位置《しゅびいち》に散《ち》った。内野手《ないやしゅ》たちは、作戦会議《さくせんかいぎ》に参加《さんか》しなかった外野手《がいやしゅ》を手招《てまね》きしながら「もっと前《まえ》で守《まも》れ」と指示《しじ》を出《だ》している。

三塁《さんるい》ランナーがホームに帰《かえ》れば同点《どうてん》、二塁《にるい》ランナーが帰《かえ》れば逆転《ぎゃくてん》され負《ま》けてしまう。だから逆転《ぎゃくてん》を許《ゆる》さないためには、外野《がいや》の前《まえ》に落《お》ちた打球《だきゅう》をすばやくホームに返球《へんきゅう》しなくてはならない。そのための前進守備《ぜんしんしゅび》だ。

しかし、英須《えいす》さんが打《う》たれたように、サーバリアンには長打力《ちょうだりょく》がある。もし外野《がいや》が頭《あたま》を越《こ》されたら、そのときはニャイアンツの負《ま》けを意味《いみ》する。

３人《にん》の外野手《がいやしゅ》が、スルスルッと守備位置《しゅびいち》をいつもより前《まえ》に変《か》える。

そのとき、客席《きゃくせき》からの拍手《はくしゅ》が、ひときわ大《おお》きくなった。

アメリカのファンたちは、野球《やきゅう》という競技《きょうぎ》をよく知《し》っている。外野手《がいやしゅ》が前進《ぜんしん》してくるようすを見《み》ただけで、「ニャイアンツはサーバリアンとの勝負《しょうぶ》を選《えら》んだぞ」ということを理解《りかい》したのだ。

「バカだなこいつら。普通歩《ふつうある》かすだろ」

井狩監督《いかりかんとく》はそうボヤいたものの、顔《かお》は怒《おこ》っていない。監督《かんとく》も、猫《ねこ》ピッチャー対猫《たいねこ》バッターの勝負《しょうぶ》にワクワクしていた。

ミーちゃんはボールを投げる前《まえ》にひと呼吸置《こきゅうお》いた。自分《じぶん》を落《お》ち着《つ》かせようと、ペランペランと手《て》をなめ、顔《かお》を洗《あら》う。

するとサーバリアンも、同《おな》じ仕草《しぐさ》で対抗《たいこう》した。

次《つぎ》はミーちゃんが横座《よこずわ》りになり、ももの内側《うちがわ》をなめ始《はじ》めた。

サーバリアンも腰《こし》を下《お》ろし、ひざの後《うし》ろにひじをすべり込《こ》ませて足《あし》を持《も》ち上《あ》げ、同《おな》じようにももの内側《うちがわ》をなめた。

さすがにミーちゃんもムキになったようで、今度《こんど》はまっすぐ座《すわ》り直《なお》し、肩越《かたご》しに首《くび》を回《まわ》して背中《せなか》をなめた。

サーバリアンも同《おな》じことをしようとしたが、いくら猫《ねこ》のまねがうまいとはいえ、そこまではできない。

客席《きゃくせき》がまたまた盛《も》り上《あ》がる。ミーちゃんとサーバリアンに注《そそ》がれる声援《せいえん》は、ちょうど真《ま》っ二《ぷた》つに分《わ》かれていた。

「ニャーオ！」

「アーオ！」

ミーちゃんもサーバリアンも、どちらも負《ま》けるつもりはない。

いつの間《ま》にか歓声《かんせい》はやみ、球場《きゅうじょう》が静《しず》かになった。

それを待《ま》っていたかのように、ミーちゃんはようやく足《あし》を上《あ》げ、投球動作《とうきゅうどうさ》に入《はい》った。

初球《しょきゅう》は外角低《がいかくひく》めへの直球《ちょっきゅう》。見送《みおく》ってストライク。

2球目《きゅうめ》も直球《ちょっきゅう》で内角高《ないかくたか》めギリギリをねらった。

サーバリアンは、バットで竜巻《たつまき》を起《お》こしそうなほど力強《ちからづよ》くスイングした。

「ヤバい！」

ベンチで井狩監督《いかりかんとく》が悲鳴《ひめい》を上《あ》げた。

ユキは観念《かんねん》したように目《め》をつぶった。

ライトを守《まも》る選手《せんしゅ》は一歩《いっぽ》も動《うご》くことができず、自分《じぶん》のはるか頭上《ずじょう》を越《こ》えていくそれを、呆然《ぼうぜん》と見送《みおく》ることしかできなかった。

平野《ひらの》さんはギクッと肩《かた》をすくめてからマスクを取《と》って立《た》ち上《あ》がり、ライト側《がわ》の客席《きゃくせき》を見上《みあ》げていた。その左手《ひだりて》のミットから、ポトリとボールが落《お》ちた。

「ん？　なんでボールがそこに？」

ユキはびっくりして視線《しせん》をライト方向《ほうこう》に移《うつ》した。

大《おお》きな放物線《ほうぶつせん》を描《えが》いて客席《きゃくせき》に吸《す》い込《こ》まれていったのは、ボールではなくバットだった。空振《からぶ》りした勢《いきお》いで手《て》から離《はな》れたバットが、100メートルも先《さき》まで飛《と》んでいったのだ。

打《う》ち損《そこ》ねたサーバリアンは、ヘルメットを地面《じめん》に叩《たた》きつけて悔《くや》しがり、思《おも》わず顔《かお》を晒《さら》してしまった。そのとき、ユキはサーバリアンの瞳《ひとみ》を見《み》て驚《おどろ》いた。

「茶色《ちゃいろ》と青《あお》？　え？」

ユキだけが気《き》づいた。サーバリアンの正体《しょうたい》は……プリンスだったのだ。

「あっぶねー、当《あ》たってたらまちがいなくホームランだったな」

平野《ひらの》さんがミットで額《ひたい》の汗《あせ》をぬぐう。ツーストライクと追《お》い込《こ》んだが、心理的《しんりてき》にはニャイアンツのほうがはるかに追《お》い込《こ》まれた。

それから3球《きゅう》つづけてミーちゃんはコントロールを乱《みだ》し、カウントはスリーボールツーストライク。

ミーちゃん対《たい》サーバリアンの対決《たいけつ》は、次《つぎ》の球《たま》が最後《さいご》となる。

ユキはそのとき、ある考《かんが》えが頭《あたま》をよぎるのを感《かん》じた。

「あのサッターバーグ会長《かいちょう》なら……」

ミーちゃんを本気《ほんき》でスターに仕立《した》て上《あ》げたいとするならば、ここは絶対《ぜったい》ミーちゃんに勝《か》たせるはずだ。サーバリアンにわざと三振《さんしん》するように命令《めいれい》しているかもしれない。

「でも、それじゃかわいそうだよ」とユキは思《おも》う。

サーバリアンに変装《へんそう》しているとはいえ、あきらめていたメジナリーグの選手《せんしゅ》になる夢《ゆめ》をかなえたプリンスが、かわいそうだ。それにミーちゃんだって、相手《あいて》にわざと負《ま》けてもらっても、うれしいはずがない。

ユキはグラウンドに向《む》かって叫《さけ》んでいた。

「さあ、ラスト1球《きゅう》！　二人《ふたり》とも、絶対《ぜったい》に手《て》を抜《ぬ》いちゃダメだよ！」

びっくりした顔《かお》のバッターと、ユキの視線《しせん》が交《まじ》わった。

バッターの口《くち》が「サンキュー」と言《い》ったように動《うご》くのが、ユキにははっきり見《み》えた。

ひゅゅるるる、と客席《きゃくせき》から音《おと》がした。

ジェット風船《ふうせん》が一《ひと》つ、ピッチャーマウンドに向《む》かって飛《と》んできて、ミーちゃんの手前《てまえ》でしぼんで落《お》ちた。

ヘビの抜《ぬ》けがらのようにペラペラになって地面《じめん》に横《よこ》たわる風船《ふうせん》を、ミーちゃんはしばらくぼんやりと見《み》つめていた。そして、不意《ふい》に顔《かお》を上《あ》げ、ニヤリと笑《わら》った。

「おっと、その顔《かお》。ミーちゃん、何《なに》かひらめいたんだね」

これまでミーちゃんといっしょにたくさんの魔球《まきゅう》を開発《かいはつ》してきた平野《ひらの》さんは、このときのミーちゃんの気持《きも》ちにも気《き》づくことができた。

「さあ来《こ》い、好《す》きなように投《な》げろ！」

平野《ひらの》さんがミットをパンパンと叩《たた》いて、構《かま》え直《なお》す。

ひと呼吸置《こきゅうお》いたあと、ミーちゃんは胴体《どうたい》をうんと伸《の》ばして立《た》ち、全身《ぜんしん》の毛《け》を逆立《さかだ》てた。

まるでミーちゃんの体全体《からだぜんたい》が、空気《くうき》をパンパンに詰《つ》めた破裂寸前《はれつすんぜん》のジェット風船《ふうせん》になったみたいだ。

そのまま大《おお》きく振《ふ》りかぶったミーちゃんは、勢《いきお》いよく風船《ふうせん》が飛《と》び出《だ》すように、伸《の》びのある直球《ちょっきゅう》をストライクゾーンのど真《ま》ん中《なか》にぶち込《こ》んだ。

バキッとバットが折《お》れたにもかかわらず、サーバリアンは力《ちから》ずくで打《う》ち返《かえ》した。

弾丸《だんがん》のような鋭《するど》い打球《だきゅう》が、ミーちゃんの顔《かお》をめがけて飛《と》んでくる。

さらに、クルクルと回転《かいてん》しながら、折《お》れたバットの先《さき》がミーちゃんの足元《あしもと》をおそった。

「危《あぶ》ない！」

「よけろ！」

ユキと井狩監督《いかりかんとく》が同時《どうじ》に叫《さけ》ぶ。

だがミーちゃんは、打球《だきゅう》からも、折《お》れたバットからも、逃《に》げることなく立《た》ち向《む》かった。

目《め》の前《まえ》を飛《と》ぶトンボを捕《つか》まえるように、顔面《がんめん》に迫《せま》る打球《だきゅう》を両手《りょうて》で地面《じめん》に叩《たた》き落《お》とす。

直後《ちょくご》に、前足《まえあし》をうんと頭上《ずじょう》に伸《の》ばし、びよーんとジャンプしてバットを飛《と》び越《こ》えた。

つづけざま、空中《くうちゅう》で頭《あたま》としっぽの位置《いち》を入《い》れ替《か》えるように身《み》をひねり、上半身《じょうはんしん》から着《ちゃく》地《ち》すると、地面《じめん》に落《お》ちた打球《だきゅう》を拾《ひろ》い上《あ》げ、すばやく一塁《いちるい》へと送《おく》る。

さすが猫《ねこ》。動《うご》くものを見極《みきわ》める能力《のうりょく》も、ジャンプ力《りょく》も、人間《にんげん》よりはるかに高《たか》い。

サーバリアンは、野生《やせい》の猫《ねこ》がサバンナを疾走《しっそう》するように、低《ひく》い姿勢《しせい》で猛《もう》ダッシュしていた。昨日《きのう》の青空市場《あおぞらいちば》でミーちゃんを追《お》いかけたときと同《おな》じ、足《あし》の裏《うら》を地面《じめん》に押《お》されるあの走《はし》り方《かた》。速《はや》い！　なんて速《はや》いんだ！

サーバリアンが一塁《いちるい》ベースをかけ抜《ぬ》けたのと同時《どうじ》に、ミーちゃんからの送球《そうきゅう》が一塁手《いちるいしゅ》のミットに吸《す》い込《こ》まれた。

ミーちゃんが、サーバリアンが、そしてニャイアンツとニャンキース両軍《りょうぐん》のベンチが、さらには超満員《ちょうまんいん》の観客《かんきゃく》が、一塁塁審《いちるいるいしん》に注目《ちゅうもく》した。

塁審《るいしん》は上半身《じょうはんしん》をひねり、右手《みぎて》を下《した》から突《つ》き上《あ》げるように伸《の》ばした。

「アウト！」という声《こえ》が、静《しず》まり返《かえ》った球場全体《きゅうじょうぜんたい》に響《ひび》き渡《わた》った。

ニャンキースは無得点《むとくてん》でスリーアウト。

3対《たい》2でニャイアンツが劇的勝利《げきてきしょうり》を飾《かざ》った瞬間《しゅんかん》だった。

マウンド上《じょう》にニャイアンツの歓喜《かんき》の輪《わ》ができた。

その中心《ちゅうしん》にミーちゃんが……いない！

消《き》えた？

いや、ミーちゃんは防球《ぼうきゅう》ネットをあっという間《ま》によじ登《のぼ》り、ベンチのすぐ上《うえ》の客席《きゃくせき》に飛《と》び込《こ》んでいた。

そこには、なんと猫《ねこ》が5匹《ひき》もいた。アメリカン・ショートヘアにペルシャ、ラグドール、ベンガル、そしてシャム。5匹《ひき》とも、あの三姉妹《さんしまい》の足《あし》にスリスリして甘《あま》えている。

「ちょっとあなたたち、わたしのミーちゃんに何《なに》してくれたのよ！」

ユキは日本語《にほんご》でまくしたてたが、

「(以下《いか》、英語《えいご》で) いったい何《なん》のこと？　何言《なにい》ってるかわかんない」

と、三姉妹《さんしまい》はお互《たが》いに顔《かお》を見合《みあ》わせながら、両手《りょうて》を広《ひろ》げて首《くび》をかしげるだけだった。

彼女《かのじょ》たちの口元《くちもと》には、薄《うす》ら笑《わら》いさえ浮《う》かんでいる。

こういう、人《ひと》を見下《みくだ》すような態度《たいど》、すごい腹立《はらた》つ。

「ちょっとプリンス！　あんたプリンスなんでしょ？　いますぐこっち来《き》て！」

ユキが呼《よ》びつけると、ヘルメットを脱《ぬ》いだサーバリアンことプリンスがかけ寄《よ》ってきて、三姉妹《さんしまい》の話《はなし》を通訳《つうやく》した。

「わたしたち、誘拐《ゆうかい》なんてしてないわよ」と長女《ちょうじょ》が言《い》う。

「車《くるま》に乗《の》せたんでしょ！　平野《ひらの》さんが見《み》てたんだから！」

「乗《の》せたんじゃなくて、その子《こ》が乗《の》ってきたのよ」と次女《じじょ》。

「ミーちゃんがそんなことするなんて、意味《いみ》わかんない」

「わたしたちだってびっくりしたのよ。家《いえ》を出《で》たときには5匹《ひき》だったのに、帰《かえ》ったら6匹《ぴき》いたんだもの」

「しかも真《ま》っ白《しろ》い猫《ねこ》。どこか見覚《みおぼ》えがあると思《おも》ったら」

「ちょっとお姉《ねえ》ちゃん、あたしが先《さき》に気《き》づいたんだからね」と末《すえ》っ子《こ》が口《くち》を挟《はさ》んだ。

「そんなこと聞《き》いてないでしょ。どうしてミーちゃんがあなたたちのバンに乗《の》るのよ？　まずそれに答《こた》えて」

ユキには不思議《ふしぎ》だった。昨日《きのう》の朝《あさ》、初《はじ》めて三姉妹《さんしまい》に会《あ》ったときも、人《ひと》ごみの中《なか》でデレデレと甘《あま》えていたのはどうしてだろう。

「においよ」と末《すえ》っ子《こ》が言《い》った。

「におい？」

「そう、キウイフルーツのにおい。キウイフルーツはマタタビ科《か》の植物《しょくぶつ》なの。だから猫《ねこ》はみんなキウイフルーツが大好《だいす》きなのよ」

へえー。なんだ、そうだったのか。……って納得《なっとく》してる場合《ばあい》じゃないし。

「だから何《なに》？　そのまま連《つ》れて帰《かえ》っちゃうなんてひどいじゃない」

「それはごめんなさい。わたしたちもこの子《こ》の飼《か》い主《ぬし》、つまりユキさんのことをさがそうとしたの。妹《いもうと》が『ヒゲブック』にアクセスして」

「だったらすぐに、書《か》き込《こ》みとかして教《おし》えてくれれば……」

とユキは言《い》いかけたが、「それじゃダメだ」と察《さっ》した。

「ユキさんがいま思《おも》ったとおり、わたしたちも居場所《いばしょ》をアップしちゃ危険《きけん》だと思《おも》ったの。あのモップ野郎《やろう》に横取《よこど》りされちゃうから」

「サツターバーグ！」――ユキはその名前《なまえ》を口《くち》にするだけで虫唾《むしず》が走《はし》った。

「ええ。ミーちゃんはあいつの商品《しょうひん》じゃない。アメリカの野球《やきゅう》ファンのものでもない。ユキさんのファミリーだから」

そんなふうに考《かんが》えていてくれたなんて、ユキには思《おも》いもよらなかった。

「じゃあ、ミーちゃんを返《かえ》してくれるの？」

「もちろん、わたしたちはそのつもりよ」と三姉妹《さんしまい》はうなずいた。

「いやあ、まったく感動的《かんどうてき》なシーンだよ。すばらしい」

そう言《い》って手《て》を叩《たた》きながら、サツターバーグ会長《かいちょう》が近《ちか》づいてきた。そうだった。この男《おとこ》がいる限《かぎ》り、ミーちゃんは自分《じぶん》のところに帰《かえ》ってくると決《き》まったわけじゃない。

ニヤけた顔《がお》で、会長《かいちょう》がミーちゃんに話《はな》しかける。

「見事《みごと》なピッチングだったね、ミー太郎《たろう》。やはり君《きみ》は、世界最高《せかいさいこう》の野球王国《やきゅうおうこく》、アメリカのマウンドが似合《にあ》っているよ。ずっとここで野球《やきゅう》がしたいと思《おも》っただろ？　さあこっちへおいで。これあげるから」

そう言《い》って、パカッとツナ缶《かん》を開《あ》ける。大金持《おおがねも》ちだと自慢《じまん》しまくっている割《わり》には、なんともちゃちいごほうびだ。わたしなら、お父《とう》さんからマグロのお刺身《さしみ》をもらってきてあげるのに、とユキは思《おも》う。

三姉妹《さんしまい》とサツターバーグとユキ。三者《さんしゃ》に囲《かこ》まれたミーちゃんは、それぞれの顔《かお》を順番《じゅんばん》に見比《みくら》べながら、何《なに》かを考《かんが》えているようだった。

「ミーちゃん……」

ユキは小声《こごえ》でささやいた。いよいよ、ミーちゃんにこの言葉《ことば》を告《つ》げるときが来《き》た。

「人生《じんせい》は一度《いちど》きり。それは猫《ねこ》だって同《おな》じだよ。だから、自分《じぶん》の進《すす》みたい道《みち》は、自分《じぶん》で選《えら》んでいいんだよ」

ジーッ、とミーちゃんは小首《こくび》をかしげてユキの目《め》をのぞき込《こ》んだ。ユキの言葉《ことば》の意味《いみ》をじっくり考《かんが》えているように見《み》えた。

するとミーちゃんは、ベンチの屋根《やね》を伝《つた》ってグラウンドに下《お》り、「ニャッ！」と叫《さけ》んでニャイアンツのベンチを指差《ゆびさ》した。そしてそのままベンチの奥《おく》へと姿《すがた》を消《け》した。

ユキの鼻《はな》の奥《おく》がふくらむように、ツーンと痛《いた》んだ。

「これでわかったでしょ。ミーちゃんはわたしたちのところへ帰《かえ》るって、いま自分《じぶん》で決《き》めたんだからね！」

「おめでとう」と、三姉妹《さんしまい》は一言残《ひとことのこ》してどこかに行《い》ってしまった。

サツターバーグ会長《かいちょう》は悔《くや》しそうに、いすを蹴《け》っていた。

「今回《こんかい》はしかたがない。でも来《らい》シーズンまでに、さらにいい条件《じょうけん》を提示《ていじ》して交渉《こうしょう》を持《も》ちかけるとしよう。覚《おぼ》えておいてくれよ」

彼《かれ》は捨《す》てゼリフをはき、背中《せなか》を向《む》けて不機嫌《ふきげん》そうに歩《ある》き去《さ》った。去《さ》り際《ぎわ》には「おれが説得《せっとく》すれば、カニだって前《まえ》に歩《ある》くんだからな！」とも言《い》っていた。

「そのカニの話《はなし》、全然《ぜんぜん》つまんない」

ユキは鼻《はな》で笑《わら》った。生物《せいぶつ》が多様性《たようせい》を獲得《かくとく》する長《なが》い長《なが》い歴史《れきし》の過程《かてい》に、あんたごときが果《は》たした役割《やくわり》なんて、一《ひと》つもないっつーの。

ユキが涙《なみだ》と鼻水《はなみず》を流《なが》しながらミーちゃんを追《お》うと、ベンチの奥《おく》に、うずくまるミーちゃんの姿《すがた》が見《み》えた。ユキが正面《しょうめん》に回《まわ》ると、ミーちゃんはマグロの切《き》り落《お》としを頬張《ほおば》っていた。

「あれ？　どうしてマグロのお刺身《さしみ》が？」

「おーい、ユキ。元気《げんき》だったか？」

「へ？　お父《とう》さん？」

「そう、お父《とう》さん」

「なんでいるのよ？」

ニャンキースとの試合《しあい》をどうしても見《み》たくなって、追《お》いかけてきたという。

「ミーちゃんもこの味《あじ》が恋《こい》しいんじゃないかと思《おも》ってね」

ミーちゃんは一心不乱《いっしんふらん》にマグロにがっついている。

ひょっとしてミーちゃんはさっき、わたしのところへ帰《かえ》ってきたというより、マグロのにおいに誘《さそ》われてこっちに来《き》ただけなのかな？

ユキはヒザカックンをされたように、その場《ば》に崩《くず》れ落《お》ちた。

百億円《ひゃくおくえん》の右腕《うわん》!?

第《だい》11章《しょう》

一夜明《いちやあ》け、ニャイアンツのメンバーはマンハッタンに別《わか》れを告《つ》げると、空港《くうこう》にたどりついた。

これから全員《ぜんいん》そろって日本《にっぽん》へと帰国《きこく》する。もちろんミーちゃんも、ユキのお父《とう》さんもいっしょだ。

帰《かえ》りの飛行機《ひこうき》は、なんとチャーター機《き》。貸切《かしきり》だった。

「みなさんのおかげで、アメリカ中《じゅう》に最高《さいこう》のエンターテインメントを披露《ひろう》することができましたので」

と、サッターバーグ会長《かいちょう》が手配《てはい》してくれたらしい。

「ずいぶん気前《きまえ》がいいよなー」

「持《も》ってるお金《かね》が、おれたちとは何桁《なんけた》もちがうんでしょうね」

「このぶんだと、移籍金《いせききん》１００億円《おくえん》ってのも、うそじゃなさそうだな」

井狩監督《いかりかんとく》たちは、サッターバーグ会長《かいちょう》の財力《ざいりょく》に、真剣《しんけん》に唸《うな》っていた。

「あんなやつに恩《おん》を着《き》せられることないよ！」

ユキは最初《さいしょ》こそ抵抗《ていこう》したが、

「いやー、でもせっかくだし」

と、井狩監督《いかりかんとく》たちは譲《ゆず》らなかった。

「それに、チャーター機《き》ならミーちゃんもいっしょに乗《の》っていけるじゃないか」

そう言《い》ったのは、お父《とう》さんだ。

「へ？　そうなの？」

「だからユキ、ここは突《つ》っぱねなくてもいいんじゃないか？」

「うーん」

ユキは眉間《みけん》にシワをよせ、たっぷり考《かんが》えるふりをしてから、「しょうがないなー」と受《う》け入《い》れた。


ニャイアンツのメンバーが、出国《しゅっこく》ゲートに列《れつ》を作《つく》る。

ユキの列《れつ》を担当《たんとう》する空港《くうこう》の職員《しょくいん》は、ギャリコさんという名《な》の、大《おお》きなめがねをかけたおじいさんで、昨日《きのう》の試合《しあい》をスタジアムで見《み》ていたと言《い》った。

「あんなに楽《たの》しい野球《やきゅう》を見《み》たのは、50年《ねん》もニューヨークに暮《く》らしてきて初《はじ》めてのことだよ！」

ギャリコさんは、ミーちゃん対《たい》サーバリアンの映像《えいぞう》は、ニャンキー・スタジアムの展《てん》示《じ》ホールにも、アメリカの野球殿堂《やきゅうでんどう》にも、まちがいなく追加《ついか》されるだろうと言《い》っていた。

「100年後《ねんご》の野球《やきゅう》ファンも、きっとミーちゃんの映像《えいぞう》をあそこで見《み》ることになるよ」

100年後《ねんご》かあ。

さすがにそこまで長生《ながい》きすることはないな、と思《おも》いながらも、ユキは自分《じぶん》がおばあちゃんになっている姿《すがた》を想像《そうぞう》してみた。

「ねえ、ばあば、猫《ねこ》ピッチャーって知《し》ってる？」

孫《まご》にそう聞《き》かれると、ユキおばあちゃんは、

「もちろん知《し》ってるわよ。ミーちゃんは、ばあばの家族《かぞく》だったんだから」

と答《こた》える。

「ええー！　すごい！　ばあば、お話聞《はなしき》かせてよ！」

ユキおばあちゃんは「いいわよ」と返事《へんじ》をして、ミーちゃんとの思《おも》い出《で》を一《ひと》つひとつ語《かた》り始《はじ》める。

その思《おも》い出《で》の箱《はこ》は、きっと高級《こうきゅう》ジュエリーを入《い》れるような、きれいな宝箱《たからばこ》なんだろうな、とユキは思《おも》う。

「さあ、どうぞ。ミーちゃんのは特別《とくべつ》だよ！」

ギャリコさんの声《こえ》がして、ユキの前《まえ》に二冊《にさつ》のパスポートが戻《もど》ってきた。

ユキは自分《じぶん》で手作《てづく》りしたミーちゃん用《よう》のパスポートを手《て》に取《と》り、ページをめくってミーちゃんの顔《かお》の前《まえ》にかざした。

そこには、人間用《にんげんよう》のと同《おな》じ、出国《しゅっこく》を記録《きろく》するスタンプがきちんと押《お》されている。

ミーちゃんはスタンプを手《て》でなぞり、とても満足《まんぞく》そうに笑《わら》った。


飛行機《ひこうき》が出発《しゅっぱつ》するまで、まだ30分《ぷん》ほど時間《じかん》が残《のこ》っていた。

ユキは待合室《まちあいしつ》のソファに座《すわ》り、滑走路《かっそうろ》を行《ゆ》き交《か》う飛行機《ひこうき》をぼんやりと眺《なが》めていた。

ミーちゃんは窓際《まどぎわ》でひなたぼっこをしている。

前足《まえあし》を両方《りょうほう》とも目《め》の上《うえ》にのせて、気持《きも》ちよさそうにウトウトしていた。

「あ、あれミー太郎《たろう》じゃない？」

だれかが、ミーちゃんに気《き》づいた。

「きっとそうだよ！」

「本当《ほんとう》だ！」

ミーちゃんの周《まわ》りに、いつの間《ま》にか人《ひと》だかりができていた。

「シーッ」

ユキは口《くち》の前《まえ》に人差《ひとさ》し指《ゆび》を立《た》て、みんなにやさしくほほえんだ。

みんなはユキにほほえみを返《かえ》すと、ミーちゃんの昼寝《ひるね》をじゃましないよう、遠巻《とおま》きにミーちゃんを見守《みまも》った。

やわらかい日差《ひざ》しを浴《あ》びてまどろむミーちゃんのお腹《なか》が、呼吸《こきゅう》に合《あ》わせてふくらんだりへこんだりしている。

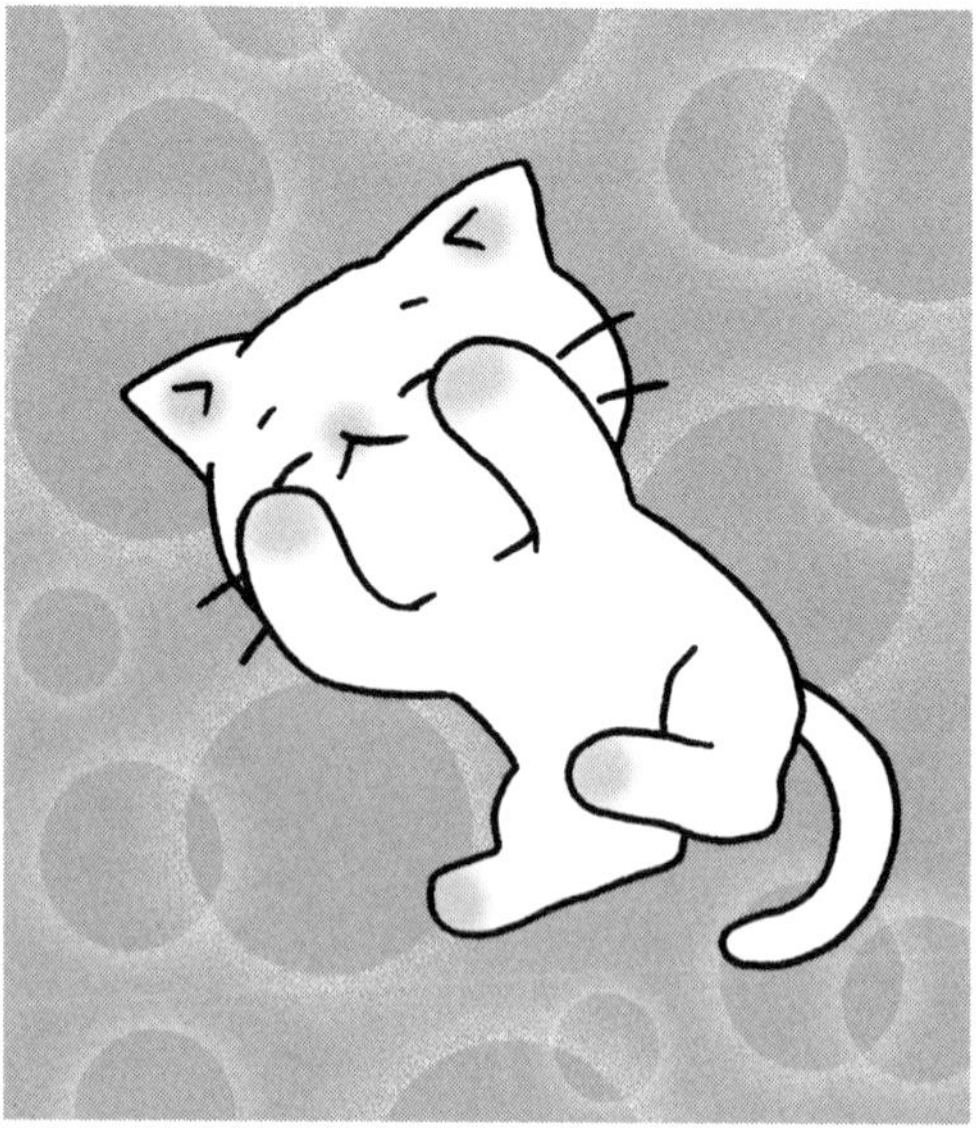

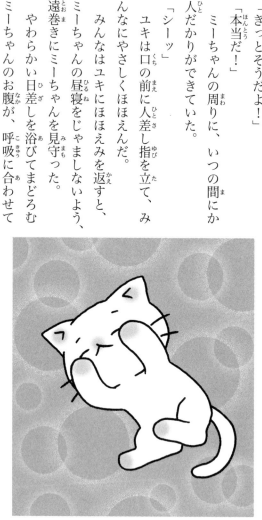

ユキがそーっと顔《かお》を近《ちか》づけてみると、「スー」というミーちゃんの寝息《ねいき》が聞《き》こえた。

「ミーちゃん、かわいい！」

ユキは目《め》を細《ほそ》めて、ミーちゃんの寝顔《ねがお》を見《み》つめた。


【おわり】

★小学館ジュニア文庫★ ワクワク、ドキドキがいっぱいのラインナップ

〈大好き！　大人気まんが原作シリーズ〉

いじめ—いつわりの楽園—
いじめ—学校という名の戦場—
いじめ—引き裂かれた友情—
いじめ—過去へのエール—
いじめ—うつろな絆—
いじめ—友だちという鎖—
いじめ—行き止まりの季節—
いじめ—闇からの歌声—
いじめ—勇気の翼—

エリートジャック!!　めざせ、ミラクル大逆転!!
エリートジャック!!　ミラクルガールは止まらない!!
エリートジャック!!　相川ユリアに学ぶ 毎日が絶対ハッピーになる100の名言
エリートジャック!!　ミラクルチャンスをつかまえろ!!
エリートジャック!!　発令！ ミラクルプロジェクト!!

オオカミ少年♥こひつじ少女　わくわく♪どうぶつワンだーらんど！
オオカミ少年♥こひつじ少女　お散歩は冒険のはじまり
おはなし　猫ピッチャー　ミー太郎、ニューヨークへ行く！の巻

カノジョは嘘を愛しすぎてる
キミは宙のすべて—たったひとつの星—
キミは宙のすべて—ヒロインは眠れない—
キミは宙のすべて—君のためにできること—
キミは宙のすべて—宙いっぱいの愛をこめて—
小林が可愛すぎてツライっ!!　放課後が過激すぎてヤバイっ!!
小林が可愛すぎてツライっ!!　好きが加速しすぎてパないっ!!
12歳。〜だけど、すきだから〜
12歳。〜てんこうせい〜
12歳。〜きみのとなり〜
12歳。〜そして、みらい〜
12歳。〜おとなでも、こどもでも〜
12歳。〜いまのきもち〜

12歳。〜まもりたい〜

12歳。アニメノベライズ〜ちっちゃなムネのトキメキ〜全8巻

次はどれにする？　おもしろくて楽しい新刊が、続々登場!!

ショコラの魔法～ダックワーズショコラ　記憶の迷路～

ショコラの魔法～クラシックショコラ　失われた物語～

ショコラの魔法～イスパハン　薔薇の恋～

ショコラの魔法～ショコラスコーン　氷呪の学園～

ショコラの魔法～ジンジャーマカロン　真昼の夢～

ちび☆デビ！～天界からの使者とチョコル島の謎×2！～

ちび☆デビ！～まおちゃんと夢と魔法とウサギの国～

ちび☆デビ！～スーパーまおちゃんとひみつの赤い実～

ちび☆デビ！～まおちゃんとちびザウルスと氷の王国～

ドラえもんの夢をかなえる読書ノート

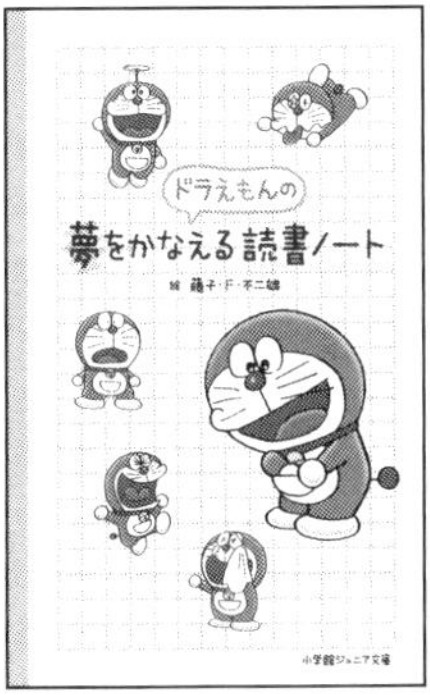

ドーリィ♪カノン～ヒミツのライブ大作戦～
ドラマ　ドーリィ♪カノン　カノン誕生
ドラマ　ドーリィ♪カノン　未来は僕らの手の中
ないしょのつぼみ～さよならのプレゼント～
ないしょのつぼみ～あたしのカラダ・あいつのココロ～
ナゾトキ姫と嘆きのしずく
ナゾトキ姫と魔本の迷宮
ナゾトキ姫とアイドル怪人Ｘからの挑戦状
ハチミツにはつこい　ファースト・ラブ
ハチミツにはつこい　アイ・ラブ・ユー
ヒミツの王子様★　恋するアイドル！
ふなっしーの大冒険　きょうだい集結！梨汁ブシャーッに気をつけろ!!

真代家こんぷれっくす！～Mother's day こんぷれっくすは、ケーキをめぐる～

真代家こんぷれっくす！～Memorial days きえない花火ときえないキズナ～

真代家こんぷれっくす！～Sentimental days ココロをつなぐメロディ～

真代家こんぷれっくす！～Holy days 賢者たちの贈り物～

真代家こんぷれっくす！～Mysterious days 光の指輪物語～

Shogakukan Junior Bunko

★小学館ジュニア文庫★
おはなし　猫ピッチャー　ミー太郎、ニューヨークへ行く！の巻

2017年２月27日　初版第１刷発行
2020年５月30日　　　第２刷発行

著者／江橋よしのり
原作・カバーイラスト／そにしけんじ
挿絵／あさだみほ

発行人／野村敦司
編集人／今村愛子
編集／伊藤 澄

発行所／株式会社　小学館
〒101-8001　東京都千代田区一ツ橋２－３－１
電話　編集　03-3230-5105
　　　販売　03-5281-3555

印刷・製本／中央精版印刷株式会社

デザイン／金田一亜弥（金田一デザイン）

Printed in Japan　　ISBN 978-4-09-231149-7